9 781777 735500

بوی برگ شمعدانی

بوی برگ شمعدانی

مجموعهٔ شش داستان کوتاه

مجید سجادی تهرانی

نشر رها

ونکوور، کانادا

نشر رها، بخش انتشارات کتاب رسانۀ همیاری - ونکوور، کانادا

چاپ اول: ۲۰۲۲ میلادی - ۱۴۰۱ خورشیدی

بوی برگ شمعدانی
نویسنده: مجید سجادی تهرانی
ویراستار: منصور کازری
صفحهآرایی و چاپ: نشر رها
شابک نسخۀ چاپی: 978-1-7777355-0-0
شابک نسخۀ الکترونیک: 7-1-7777355-1-978

Rahaa Publishing is the book publishing division of Hamyaari Media Inc.
PO Box 31055, St Johns Street, Port Moody, BC V3H 4T4, Canada
+1-604-671-9505
info@rahaa.pub
www.rahaa.pub

Bū-ye barg-e sham'dānī
(Scent of Geranium Leaf)
Majid Sajadi Tehrani
Editor: Mansour Kazari
Manufactured in Canada

کوتاه دربارهٔ نویسنده

مجیـد سـجادی تهرانـی، دانش‌آموختـهٔ کارشناسـی ارشـد ادبیـات نمایشـی از دانشـگاه هنـر تهـران، در دو دهـهٔ اخیـر پیوسـته در حـال تجربـهٔ فرم‌هـای نوشـتاری گوناگـون بوده اسـت.

او نوشـتن را اوایل دههٔ هشـتاد شمسـی با نقد و گزارش تئاتر و سـینما در ماهنامه‌هـای فرهنگی هنری «هفت» و «ارژنگ» شـروع کرد. از او سـفرنامهٔ «زمیـنِ سـرخِ بی‌بـر» در کتـاب «از پیازآبـاد تـا شـهر سـوخته» توسـط نشـر نوگام در سـال ۱۳۹۲ به چاپ رسـیده اسـت. سـاکنان فارسی‌زبان ونکوور و حوالـی آن ممکـن اسـت وی را به‌خاطر گزارش‌هـا و جسـتارهایش در نشـریهٔ «رسانهٔ همیـاری» به‌خصـوص مجموعه‌یادداشـت «ونکـوور از داخـل تـرن هوایـی» به‌یـاد آورنـد. هم‌اکنون او به‌عنـوان نویسـنده و دراماتورژ بـا کمپانی تئاتـر تجربه‌گـرای بایتینگ اسـکول[1] ونکوور همـکاری می‌کند.

«بـوی بـرگ شـمعدانی» اولیـن مجموعه‌داسـتان مسـتقل ایـن نویسـنده اسـت و او امیـدوار اسـت بـه‌زودی اولیـن رمان خـود را نیز به‌چاپ برسـاند.

یادداشت نویسنده

گلـدان شـمعدانی در خانـوادهٔ مـادری‌ام بسـیار محبـوب بـود. در خاطـرات کودکی‌ام از خانهٔ مادربـزرگ در خیابان مولوی تهران کنـار عکس جوان‌های خانـواده و محلـه کـه در جنـگ ایـران و عـراق کشـته شـده بودنـد و حـوضِ خالی و خزه‌بستهٔ وسـط حیـاط و دیوارهای خشـتی و کاهگلـی، تصویر این گلـدان هـم حضـور دارد. گلدانـی کـه اگر به حـال خود رها شـده باشـد، بو و عطـری نـدارد، امـا اگـر پرزهای ظریـف روی برگ‌هـای آن را لمـس کنید، عطـر لیمویـی و گس خـود را می‌تراود. گذشـته از نوستالژی دوران کودکی، شـمعدانی بـرای مـن کم‌کم به نمـادی از عشـقِ تنانه تبدیل شـد. عشـقی که تمـام شـخصیت‌های ایـن مجموعه در حسـرتش‌اند. شـمعدانیِ عشـق آن‌ها بی‌بـرگ اسـت؛ درسـت هماننـد گلدانـی کـه عکس خـود را بـه طـرح جلد ایـن مجموعه داده است.

ایـن عکـس یکـی از اولین عکس‌هایـی اسـت کـه بعـد از مـرگ مـادرم گرفتـم. روزهایـی کـه در چـاه سـیاه افسـردگی فـرو رفته بـودم، امـا حتی در قعـر چـاه هـم کورسـوی نـوری پیـدا بود. گلـدان شـمعدانی تمـام برگ‌هایش را از دسـت داده، امـا گلـش را هرچنـد پژمـرده حفـظ کرده اسـت.

این کتاب را به خاطرهٔ مادرم تقدیم می‌کنم که داستان‌های این مجموعه بیش از هر چیز و هر کس وام‌دار خاطرات من از اوست. و لازم می‌دانم از تمام دوستانی که برای شکل‌گیری آن به این صورت مرا یاری کردند، تشکر کنم به‌خصوص از راهنمایی‌های جناب محمد محمدعلی، نویسندهٔ شهیر ایرانی، که مایهٔ مباهات ایرانیان مقیم ونکوورند و همچنین از سیما غفارزاده و هومن کبیری پرویزی عزیز که علاوه بر نشر در ویرایش پاکیزهٔ متن نقش مهمی داشتند و در آخر از گل‌مهر عزیز، همسر مهربانم، که اولین خوانندهٔ تمام این داستان‌ها و هر نوشتهٔ دیگری از من بوده و است و دیدگاهش همیشه راهگشاست.

ونکوور، کانادا

فهرست

بوی برگ شمعدانی

پتـوی کهنـه را روی صورتـم می‌کشـم. پنـج روز اسـت تب‌ولـرز دارم. دارو می‌خـورم و خـودم را زیـر پتـو مچالـه می‌کنـم تـا تنـم بـه عـرق بنشـیند و تـب پاییـن بیایـد تـا چنـد سـاعت بعـد کـه دوبـاره سروکله‌اش پیـدا شـود و ایـن چرخـه، پنـج روز اسـت کـه ادامـه دارد و نشـانی از بهبود نیسـت. زمان می‌گـذرد. زیـرِ پتـو تمـام بدنم خیـس عـرق می‌شـود. لباس‌هایـم، زیرپوشـم و حتـی شـورتم خیـس شـده و بـه تنـم می‌چسـبند. بهتـر اسـت بلنـد شـوم و لباس‌هـای خیسـم را از سـر تـا پـا عـوض کنـم وگرنـه تب‌ولـرز زودتـر از آنی کـه انتظـار دارم برخواهـد گشـت. امـا همان‌طـور زیـر پتـو می‌مانـم. پتـوی کهنـه، بـوی نـایِ رؤیاهـای پلاسیده‌ام را می‌دهـد؛ رؤیاهـای رفتـن، بـرای همیشـه رفتـن، ترک‌کـردن، ناپدیدشـدن، زندگـی را از نـو شـروع‌کردن، یافتن عشـقی تـازه، رؤیـای رهایـی. آن‌قـدر زیـرش می‌مانـم و رؤیـا می‌بافـم تـا لرز دوبـاره برمی‌گـردد. حـالا دیگـر هرچقـدر هـم کـه خـودم را در آن بپیچـم، تأثیـری نخواهـد داشـت. پتـو را کـه کنـار می‌زنـم، هـوای تـازه بـرای یک‌دم، سـرِحالم مـی‌آورد و لـرز متوقـف می‌شـود. بلنـد می‌شـوم و لباس‌هایـم را عـوض می‌کنـم. دکتـر می‌گوید آنفلوانـزا گرفته‌ام و بایـد صبر کنـم تـا دوره‌اش

تمام شـود، امـا مـن بهجز تبولـرز هیـچ علائـم دیگـری از آنفلوانزا نـدارم.
به هیـچ فکـر میکنم. همهجـا سـاکت اسـت. چنـد وقتی اسـت کـه
شـبها دیگـر هیـچ صدایـی نمیآید. هرچنـد وقتـی چشـمهایم را روی هم
میگـذارم، هنـوز گاهی انگار صدای نالههـای مامانزری را میشنوم که از
طبقـهٔ پاییـن مرا صـدا میکند. بلند میشـوم. سیگار و کبریـت را برمیدارم.
ژاکت را که روی شـانهام میاندازم، چشـمم به گلدان شـمعدانیِ کنار پنجره
میافتـد. چند روز اسـت کـه آبش نـدادهام. آخریـن بـار چنـد روز پیش، پدر
کـه بـالا آمـده بـود، آبـش داد. عجیـب بـود. خیلـی کـم بـالا میآیـد. گرفته
بـود. بـا صدایـی آهسـته گفـت: «اینجا چـه بـوی گنـدی میـاد. حداقل یک
کـم لای پنجـره رو بـاز کـن.» دیگـر مثل قدیـم محکـم و باصلابـت حرف
نمیزنـد. گفتـم: «مـن بویـی حـس نمیکنم». بوی سیگار با بـوی بیماری
و بـوی عـرق تنـم معجـون مهوعی درسـت کرده بـود، اما من بـه آن خو کرده
بـودم. پدر چهار سـال پیش پـس از چند دهـه، سیگارکشـیدن را تـرک کرد؛
دود سـیگار بـرای بیمـاری مـادر مثل زهـر بود. برعکـس، مـن از همانوقت
شـروع کـردم؛ پنهانـی، بـالای پشـتبام. همانطـور کـه از لای در بیـرون
میخزیـد، گفـت: «سـیگار کمتـر بکش، بـرات خوب نیسـت.»

روی هِـرهِ بـام نشسـتهام. سیگار میکشـم و بـه چراغهـای خامـوش
خانههـای پشـتی نـگاه میکنم. همـه خواباند. نگاهکـردنِ زندگیِ
همسـایهها، سـرگرمی شـبانهٔ مـن اسـت. از اینجـا، سـه خانـه را میبینـم.
پردههـای یکـی همیشـهٔ خدا بسـته اسـت. این خانـه، ناشـناخته اسـت.
دیگـر زحمـت نگاهکـردن بـه آن را هـم بـه خـودم نمیدهـم. در خانـهٔ دوم
مـرد جوانـی هـر چندشـب یکبـار بـا دوسـتانش بسـاط قلیانکشـی بـر پـا
میکننـد. روی پشـتبامِ ایـن خانـه، کبوترخانـهای اسـت کـه تابهحـال
ندیدمـش؛ مـن فقـط شـبها بـه بـام میآیـم و در خانـهٔ سـوم زن و شـوهری

با دختر هفت‌ساله و پسر پنج شش‌ساله‌شان زندگی می‌کنند. دیشب زن پسرک را جلوی چشمان دخترش لخت کرده بود و او را که شاید شب‌ادراری دارد، پوشک می‌پوشاند. مرد بی‌اعتنا روبه‌روی تلویزیون دراز کشیده بود. دختر روبه‌روی برادرش نشسته بود و زل زده بود به او و مادرش. زن با خشونت شلوار و شورت پسرک را درآورد، او را خواباند و پوشک پوشاند. تمام مدت دختر خیره به آن‌ها نگاه می‌کرد. من هم خیره نگاه می‌کردم، وقتی شب‌هایی که از دخترها خبری نمی‌شد، موقعِ تعویض کیسه‌های مدفوع و ادرارِ مادر، دستیارِ پدرم می‌شدم. بعد از دیدن اندام برهنهٔ مادر بیمارم، فکر نمی‌کنم دیگر بتوانم از بودن با هیچ زنی لذت ببرم. شاید رابطه‌ام با رعنا هم به همین خاطر تمام شد. دیگر تحملش را نداشتم. دیگر او را نمی‌خواستم.

سیگار حرام شد. سیگار دیگری روشن می‌کنم و به تاریکیِ آن‌سوی حیاط خیره می‌شوم. این خانهٔ بزرگ، پُر از دالان‌های باریک پیچ‌درپیچ و اتاق‌های بدقواره است. حوضچهٔ کوچک میانش بی‌آب است و از چاهش بوی فاضلاب بالا می‌زند. تک‌درختِ ارغوان خشکیدهٔ گوشهٔ حیاطش لانهٔ زنبورهاست، اما من هنوز دلبستهٔ آنم. دل‌خوشم به خاطرهٔ کم‌سوی عکسی بی‌رنگ‌ولعاب از مادر که زیر درخت پُرگل ارغوان صندلی گذاشته و نشسته و من را در آغوش گرفته است. حوضچهٔ کوچک هنوز آبی و شفاف است و گلدان‌های رازقی و شمعدانی و محمدی دورش خودنمایی می‌کنند.

سرم گیج می‌رود. همیشه وقتی روی بلندی هستم، همین حس را دارم. کشش شدیدی به افتادن در خودم احساس می‌کنم. یک‌جور کشش درونی و ناخودآگاه. بعد خودم را می‌بینم که کف حیاط افتاده‌ام و صورتم له شده است. می‌ترسم و عقب می‌روم. ترسم از ارتفاع نیست،

از ایـن میـل درونـی اسـت؛ از صـورت لهشـدهام روی موزائیکهـای کـف حیـاط. روی هـره مینشـینم و سـعی میکنـم بـه صـورت لهشـدهام فکـر نکنـم. ایکاش ایـن خانـه را تـرک کنم.

گلهـای گلـدان شـمعدانی اتاقـم شـروع کردهانـد بـه خشکشـدن. بـه برگهـای شـمعدانی کـه دسـت میکشـم، عطرشـان در فضـا میپیچـد. برگهـای شـمعدانی بـا بوی گس و سردشـان، پر از اشـتیاقِ نوازشـم میکنند؛ اشـتیاق نـوازش دسـتهای رعنـا. چشـمهایم را میبنـدم و کنـارش روی چمـن دراز میکشـم. از آن پاییـن، از زاویـهٔ دیـد نـگاهِ سـاکنان چمنـزار، صورتـش کک‌مکیتـر از همیشـه بهنظـر میرسـد. لبهـای شـهوانیاش را کـه از هـم بـاز میکنـد، فرورفتگـیِ زیـر لب پاییـنش در بـازی نور و سـایه، حفـرهٔ سـیاهِ میـان لبهـای نیمهبـازش را بیشـتر بـه رخ میکشـد. اگـر اینقدر از او بـدم میآیـد، چـرا بـا او میمانم. شـاید بهخاطـر نوازش دسـتهایش، شـاید بهخاطـر بـوی تنـش، شـاید بهخاطـر بـوی شـمعدانی. بـه رویـم خم میشـود. چشـمهایم را برهـم میگـذارم و بـوی عطـرِ همیشـگیاش را در سـینه حبس میکنـم. حفـرهٔ سـیاه میگویـد: «خوابـی؟»

«نه! نه! رعنا! خوابم نمیبره.»

پالتـویِ کهنـه را از روی صورتـم کنـار میزنـم و روی پاهایـم میکشـم. از تمـام درزهـایِ ایـن اتوبـوسِ اوراق، سـوزِ سرماسـت کـه هجـوم میآورد و پاهایـم اولیـن جایـی اسـت کـه یـخ میزننـد. اتوبـوس، خلـوت اسـت. ایـن وقـتِ سـال، ایـن وقـتِ شـب، راه کویـریِ بـدونِ پیـچ. بـه کجـا دارم میروم؟ نمیدانـم. چشـمهایم از زورِ خـواب بـاز نمیشـود، امـا خوابـم نمیبرد. صـدای نالـههای مـادر در گوشـم هـوار میکشـد. دیگـر بـه هیچجایـش نمیشـد دسـت زد. بایـد بلنـدش کنیـم و بـه حمـام ببریـم وگرنـه بـویِ گنـد همهجـا را برمیدارد. پـدر زیرلـب فحشهایـی میدهـد کـه نمیفهمـم بـا

کیست؛ با مادر، با خودش، با دخترها که چند روز است پیدایشان نیست یا با خدا. زنِ پرستاری برای تزریق مُرفین آمده است. هرچند تزریق چندین مُرفین در روز هم نمی‌تواند درد او را تسکین دهد. زن می‌گوید: «ولِش کنید بیچاره رو! بیشتر از این عذابش ندید.» از خیر حمام می‌گذریم و همان‌جا، روی تخت، کیسه‌هایش را عوض می‌کنیم. مادر، سرطان نادری دارد. سرطان مادر نه چنان بدخیم است که زود او را از پا درآورد و نه خوب می‌شود. سال‌هاست که بدتر و بدتر می‌شود تا این اواخر که چند ماهی است کامل در بستر افتاده و کنترل ادرار و مدفوع را از دست داده است. در این مسیر طولانیِ ناامیدکننده ما همه‌چیز را تجربه کرده‌ایم؛ از پزشکی مدرن تا درمان‌های سنتی، جراحی تا سوزن‌درمانی، هومیوپاتی، جادو و جنبل، دعانویسی؛ نتیجه هیچ.

کیسهٔ مدفوع تقریباً خالی است. چند روزی است که چیزی نمی‌خورد، اما بوی بدی می‌دهد و باید عوض شود. کیسهٔ ادرار را در ظرف خالی می‌کنم. بوی تندش در مغزم می‌پیچد. از خانه بیرون می‌زنم. از کنارِ پلِ کالج که چندین سال هر روز از کنارش گذشته‌ام تا به دانشگاه بروم، می‌گذرم. روی پایه‌های پل با رنگ‌های گرم طرح‌های شاد کشیده‌اند؛ آسمان، درخت، کوه، خورشید. بالای هر کدام از پایه‌ها، چراغی روشن است. زیرِ پایه‌ای که چراغش را شکسته‌اند، در بازی نور و سایه، هیکلِ مردی را می‌بینم که دراز کشیده است. تصویر خنده‌ها و مهربانی‌های مادر که بعد از این بیماری، چهرهٔ پیرزنی هزارساله را پیدا کرده، رهایم نمی‌کند. گونه‌هایش کامل از بین رفته‌اند و روی سرش برآمدگی‌های جدیدی است که نمی‌دانیم چیست. به هیچ فکر می‌کنم و به چهارراه نزدیک می‌شوم. همیشه رنگ قرمزِ چراغ راهنمایی روی آسفالتِ خیسِ خیابان را دوست داشته‌ام. با چشم‌های بسته پا در خیابان

می‌گـذارم. کدام‌یک از ماشین‌هایـی کـه از روی پـل گازش را می‌گیرنـد تـا پشتِ چـراغ قرمـز نمانـند، فکـرم را بـرای همیشـه از کار خواهـد انداخت. هیـچ صدایـی نمی‌شنوم. تنهـا صـدای ضربـان قلبـم گوشـم را پُر کـرده است. بـه میانۀ خیابان رسیده‌ام. «همیشـه انتظار! همیشـه انتظار، حتی وقتـی می‌خواهی سـوار ماشـین مـرگ شـوی.» می‌ایسـتم. چشـم‌هایم را باز می‌کنـم. هنـوز روی هـوام. دارم می‌لـرزم. از کبوترخانۀ همسـایه صـدای کبوتـری می‌آیـد. شـاید مـاده‌ای اسـت کـه نـرش را می‌خوانـد. هیچ‌وقت ندیـدم بیـن پدر و مـادر رابطۀ عاشـقانه‌ای وجود داشـته باشـد. هرچـه بود، روابـط معمـول و سنّتی زناشـویی بـود. چطـور می‌شـود زنـت را دوسـت داشـته باشـی، امـا حتی یک‌بار هم او را جلو روی پسـرت نبوسـیده باشـی. پـدر بایـد مادر را دوسـت می‌داشـت وگرنه زحمـت این‌همه کثافت‌کاری را در دوران بیمـاری‌اش بـرای چـه تحمـل می‌کـرد. چرا کسـی را نمی‌آورد کـه ایـن کارهـا را بکنـد. چرا وقتی مـادر در اوج اسـتیصال و درماندگـی با زبانی زهرآلـود بـه او می‌گفـت کـه مطمئـن اسـت چهلمـش هـم کـه نشـده او زن دیگـری خواهـد گرفـت، حرفـی نمی‌زد کـه نشـانی از محبـت باشـد. او که می‌دانسـت دیگـر نمی‌خواهـد زنـی را بـه همسـری بگیـرد.

آسـمانِ پُرستاره‌ای اسـت آسـمانِ کویـر. باید چند سـاعتی از نیمه‌شب گذشـته باشـد. تمـام مسـافران اتوبـوس، همـان چندنفـری کـه هسـتند، در خواب‌انـد. کـوه بزرگـی را روی گردنـم حـس می‌کنـم و از دو غـارِ عمیقِ سیاهش در بـازی نور و سـایه، راننـده و کمک‌راننده را می‌بینم که پوسـت‌های سیاهِ تخمه‌هـای آفتابگـردان را چـون کلاغ‌هایـی بـه پـرواز درمی‌آورنـد. صـدای پـرزدن از کبوترخانـه می‌آیـد؛ شـاید نَری پیـش مـاده‌اش مـی‌رود. راننـدۀ اتوبـوس از کمکـش می‌خواهـد برایـش چـای بریـزد. درِ اتـاق را بـا پـا بـاز می‌کنـم و بـا سـینی چـای وارد می‌شـوم. رعنـا روی تنها کاناپۀ اتاق،

کنار پنجره نشسته. گلدان شمعدانی کوچکی را که با خودش آورده، روی میز گذاشته است. درِ خانه را که به رویش باز کردم، گفت دلواپس شده وقتی دوهفته‌ای هیچ خبری از من نشده است. دل را به دریا زده و به در خانه آمده است. پدر را دیده که برای نماز راهی مسجد می‌شود و آن‌وقت زنگ در را زده است. مادر شاید او را موقع بالاآمدن از پله‌ها به اتاقم دیده باشد. چند روزی است که هیچ‌چیزی نمی‌خورد و هیچ‌حرفی نمی‌زند. نفس‌کشیدن هم برایش سخت شده. بلندش می‌کنم و پشتش را به سینه‌ام می‌چسبانم تا راحت‌تر نفس بکشد. ناله‌هایش کمتر می‌شود. کمی در آغوشم آسوده می‌خوابد. رعنا از پشت در آغوشم می‌کشد و گردنم را می‌بوسد. هنوز مانتو و روسری‌ای را که با آن‌ها آمده به تن دارد. مانتو را در می‌آورد. روی کاناپه می‌نشیند و پاهایش را روی آن دراز می‌کند. آن‌ها را از هم باز می‌کند. کوسنی از پشتش برمی‌دارد و روی ران‌هایش می‌گذارد و می‌گوید: «سرِت رو بذار اینجا!». روی کاناپه، بین پاهایش دراز می‌کشم و سرم را روی بالشتک می‌گذارم. پاهایم از آن‌سوی کاناپه آویزان شده است. انگشتانش موهایم را نوازش می‌کند. هیچ‌کس باور نمی‌کند که من لحن آوازهای مادر را به‌یاد می‌آورم. مامان‌زری همیشه در آشپزخانه زیرلب چیزهایی می‌خواند. مرا می‌خواباند در راهروی نزدیک آشپزخانه. می‌ایستاد به آشپزی. عادتش بود وقتی در آشپزخانه کار می‌کرد، آواز می‌خواند. صدایش نرم و حزن‌انگیز بود. گاهی نفس عمیقی می‌کشید و برای عوض‌کردن فضا آدامس بادکنکی‌اش را باد می‌کرد و می‌ترکاند. اگر این کار را جلوی من می‌کرد، آن‌قدر می‌خندیدم و برایش بال‌بال می‌زدم که دلش نمی‌آمد بغلم نکند. اما حالا آنجا در آشپزخانه است. او را نمی‌بینم. اگر گریه کنم حتماً می‌آید، اما دیگر آواز نمی‌خواند. غلت می‌زنم. از تشک خودم را می‌کشم روی فرش.

هیچ‌وقت این کار را نکرده‌ام، اما حالا می‌خواهم امتحانش کنم. روی شکم خودم را تا نزدیکِ در آشپزخانه می‌رسانم. فقط پاهایش پیداست. پشت به در است. گردنم را بلند می‌کنم. دست‌هایم را ستون می‌کنم. پاهایم را از پشت می‌آورم جلو. نشسته‌ام. قبلاً هم این کار را کرده‌ام. اما هنوز کافی نیست. دستم را می‌گیرم به چارچوبِ در. آرام‌آرام خودم را می‌کشم بالا. می‌خواهم همان‌طوری باشم که او هست. حالا ایستاده‌ام. برای اولین بار. یک‌ساله‌ام. صدایش می‌کنم. دوست دارم برگردد تا صورتش را ببینم. نمی‌فهمد. باید بلندتر صدایش کنم. از گل‌های یاسِ گوشهٔ حیاط برایش گلوبند درست کرده‌ام. می‌آید و با لبخندی به پهنای صورت نگاهم می‌کند. بلندم می‌کند. می‌نشاند روی پاهایش. و من یاس‌ها را دور گردنش می‌بندم. هفت‌ساله‌ام. خود را در آینه نگاه می‌کند و می‌گوید: «خوبه! قشنگه!» و دست‌هایم را می‌بوسد. بابا همیشه به مادر می‌گفت که من را دارد دخترانه‌تر از همهٔ دخترهایش بار می‌آورد و مامان ابا نداشت که بگوید چون من از همه زیباترم. چشم‌های روشن و موهای بور را از مادر مادرم به ارث برده بودم. یعنی دیگر هیچ‌گاه صدایش را نخواهم شنید؟ دیگر دست‌هایم را نخواهد گرفت تا ببوسد و بگوید: «خوبه! قشنگه!»؟ گرمای ران‌های رعنا را احساس می‌کنم. باد می‌وزد و پردهٔ سفید بوی برگ‌های شمعدانی را با خود می‌آورد. پر از اشتیاقِ نوازش نوازش می‌شوم. آه بلندی می‌کشم. پردهٔ اتوبوس را کنار می‌زنم. «کاش گلدان شمعدانی را با خود آورده بودم.» با دست‌هایش سرم را در برگرفته است و آن را به‌آرامی به چپ و راست می‌برد. خیلی آرام. این‌قدر آرام که حرکت گردنم را احساس نمی‌کنم. می‌گوید می‌خواهد همهٔ انرژی‌ای را که از عشق من احساس می‌کند با دست‌هایش به من منتقل کند. عضلات گردنم را ماساژ می‌دهد. دست‌هایش به‌نرمی

منقبـض و رها می‌شـوند. سـروگردنم در اختیار اوسـت. حـس عجیبی دارم. بعـد از ماه‌هـا، تحریـک شـده‌ام و آلتـم راسـت می‌شـود. معذبـم. عضلاتـم شـروع بـه انقبـاض می‌کننـد. نیم‌خیـز می‌شـوم تـا بلنـد شـوم. از پشـت در آغوشـم می‌گیـرد. کنـار گوشـم می‌گویـد: «اشـکال نـداره! بهش فکر نکن! خـودت رو رهـا کـن! چشـم‌هات رو ببند!» چشـم‌هایم را می‌بندم و بـوی عطـرِ همیشـگی‌اش را در سـینه حبس می‌کنم. سـرم روی سـینه‌اش است و موهـای سـیاهش ریختـه روی سـینه‌ام. دسـتش را آرام زیـر لباسـم می‌بـرد. می‌خواهـم ایـن لـذت تـا ابـد ادامـه پیـدا کنـد. می‌گویـد: «خوابی؟»

«نه! نور ماشین‌های روبه‌رویی درست توی چشم‌های منه.»

پاهایـم خـواب رفتـه. مثل چوب سـرد شـده. «مـادر جـان! پاهام مثل کـوه شـده. کمـرم درد می‌کنـه. آخ خدایـا! پهلوهام داره سـوراخ می‌شـه. بیـا عزیـزم! بیـا بـا خـودت اون مفاتیـح رو بیـار! دعـای عَدیلـه بخونیـد! دیگـه طاقت نـدارم.»

جنـازۀ مـادر را تا صبـح در تک‌اتـاقِ کنـار در ورودی نگه داشـتیم. آنجا هیچ‌وقت آفتـاب بـه خـودش نمی‌بینـد و از همه‌جـای خانه سـردتر اسـت. اتـاق، تـا کمـر سـنگ اسـت، سـنگ‌های مرمریـت خاکسـتریِ رگه‌دار کـه تمام‌قـد در کنـار هـم ایسـتاده‌اند. مادر ایـن اتاق را اصلاً دوسـت نداشـت. می‌گفـت او را یـاد غسـالخانه می‌انـدازد. اول خواهرهـا آمدنـد، بعـد همسـایه‌ها و فامیـل. همـه بالای سـر مـرده دعایی خواندنـد و رفتنـد تا فردا بـرای تشـییع بیایند. شـب از نیمه کـه گذشـت، من به اتاق برگشـتم. شـمعی روشـن کـردم. پارچۀ سـفید را از روی صورتـش کنار زدم. صورتـش پوسـت و اسـتخوان بـود. گونه‌هـا فرورفتـه، چشـم‌ها فرورفتـه، حفره‌هـا، حفره‌های سـیاه. همان‌طـور نشسـتم روبه‌روی جنازه‌اش و خیـره شـدم بـه حفره‌هـا. هـر چنـد دقیقـه یک‌بـار صدایش می‌کـردم. احسـاس می‌کـردم مـادر هنوز

دارد نفـس می‌کشـد. فکـر می‌کـردم شـاید نمـرده اسـت، شـاید خـودش را بـه مـردن زده، شـاید بیهـوش شـده و حـالا دوبـاره به‌هـوش می‌آیـد. قفسـهٔ سـینه‌اش را می‌دیـدم کـه بـالا و پاییـن می‌رود. دسـت می‌گذاشـتم روی سـینه‌اش. یـک لحظـه انگار ضربانی بـود، لحظهٔ بعد انـگار نبود. گوشـم را بـه سـینه‌اش می‌چسـباندم، یـک لحظـه انگار ضربانـی بـود و لحظهٔ بعد انگار هیـچ نبـود. کنـارش روی سـنگ‌های کفِ اتـاق دراز کشـیدم. تنـم مورمـور شـد. صـدای مـادر را شـنیدم کـه بـا همـان صـدای لـرزان، گرفتـه و محـزون می‌گویـد: «مـن رو دارنـد کجـا می‌برنـد، مـادر؟ نـذار مـن رو ببرنـد. مـن رو نبریـد!» چنـد مردِ سفیدپوش تخت مادر را حمـل می‌کردند. دسـت‌هایی بازوهـای مـرا سـفت چسـبیده بودنـد. داد زدم: «زنده‌سـت. مگـه نمی‌بینیـن داره حـرف می‌زنـه؟» یکی ملافـه را روی صورتش کشـید. مردهـا می‌خواسـتند او را ببرنـد. دیوانه شـده بـودم. تخـت را از چنگ مردان سـفیدپوش درآوردم. پارچـهٔ سـفید را کنـار زدم. زیر ملافـه، دختـرِ جوانـی بـود بـا پیرهـن سـرخ و موهـای شـلال کـه ریختـه بـود روی صورتـش و چهـره‌اش پیـدا نبـود. زیر بغل‌هـای دختر را گرفتـم و از روی تخـت بلندش کـردم. چرخاندمـش. رقصاندمـش. حالـم خـوب بود. نـور بـود. دختر مثل نـور سـبک بود. نـرم بـود. پاهـای برهنه‌اش از زیر دامن سـرخ بیـرون آمده بـود. موهایـش را بـاد به رقـص آورده بـود. چرخاندمش. تندتـر. تندتر. بلند می‌خندیـد؛ از تـه دل. شـاد بـودم. موهـا کنـار رفتنـد. حفره‌هـا. حفره‌هـای سـیاه. ترسـیدم و از پنجرهٔ قدی بلنـد پرتش کـردم بیرون. شیشـه‌های پنجره خـرد شـد و نـور کورکننـده ریخت داخـل اتـاق. صبح شـده بود.

تختـش را زود جمـع کردیـم و پیکـرِ پوسـت و اسـتخوانش را سـریع بـه خـاک سـپردیم. حتـی وقتـی چهـره‌اش را بـرای آخریـن بار دیدم، قبـل از آنکه آن را بـا کفـن بپوشـانند، حـس کـردم دارد سـعی می‌کند به‌زور نفس بکشـد.

در چشم‌های بی‌سوی نیمه‌بازش تنها حیرت بود که می‌توانستی ببینی. حیرت از نَفَسی که رفت، اما برنیامد. حیرت از مرگ. حیرت از زندگی که چه کوتاه بود و چه به غم و اندوه گذشت. حیرت از من، از پسر عزیزدُردانه‌اش، که چگونه می‌توانست، در آن لحظهٔ واپسین، در آن اتاق بالایی با دختری باشد. حیرت از پدرم که در گوشهٔ مسجد به جماعت ایستاده بود برای اقامهٔ نماز و حیرت از خودش که بعد از عمری بندگی و مسلمانی در آن آخرین دم به این فکر می‌کرد که آیا واقعاً خدایی هست، روحی هست، دنیای دیگری هست. بُهت مرگ اما راه را بر پرسش‌های دیگر بسته بود. اما به‌زودی خواهد دانست و شاید هم دانستن دیگر چیزی بی‌معناست مثل زندگی.

آه! چه حس دلپذیری است. بعد از ماه‌ها دارم نفس می‌کشم. صدای دم و بازدم‌هایم را می‌شنوم. تمام اعضای بدنم را حس می‌کنم. پاهایم سست می‌شود و به اُرگاسم می‌رسم. خسته‌ام. در این شهرِ دورافتادهٔ کویری که زادگاه پدرم است، کسی چشم‌به‌راهم نیست. اول باید جایی برای خوابیدن پیدا کنم و شاید پاکتی سیگار. خسته‌ام. لرز دارد برمی‌گردد. هنوز روی هره‌ام. همیشه روی بلندی، کشش شدیدی به افتادن در خودم حس می‌کنم؛ یک‌جور کشش درونی و ناخودآگاه. می‌ترسم و عقب می‌روم. اما این‌بار می‌خواهم مقاومت کنم. می‌خواهم بدون آنکه بیفتم روی هره بمانم. خسته‌ام رعنا! بگذار کمی همین‌جا سر روی پاهای تو بگذارم و بخوابم.

هوس یک سیگار

پایـم بـه لبۀ تخـت خورد و با لرزشـی شـدید و هیسـتریک از خـواب پریدم. انگار سوسـک یـا چیزی شـبیه آن روی پایـم راه می‌رفتـه. نفسـم بریده‌بریده بـالا می‌آمـد و تمـام تنـم خیـس عـرق بـود. بـه رعنـا کـه کنـارم روی تخت خوابیـده، نـگاه کـردم. دیگـر بـه از خواب پریدن‌هـای شـبانه‌ام عـادت کـرده و بیـدار نمی‌شـود. چهـره‌اش در خـواب مهربـان و دلنشـین، اما هنـوز کمی کک‌مکـی اسـت. می‌گفـت بعـد از ازدواج خـوب می‌شـود. همـان روزها هـم گفتـه بـودم کـه لازم نیسـت ازدواج کند. فقط کافـی اسـت رابطۀ جنسـی منظـم داشـته باشـد کـه هورمون‌هایش تنظیم شـود. امـا با مـن ازدواج کرد و فکـر نمی‌کنـم هیچ‌وقـت صورتـش کامـل خوب شـود.

آرام و بی‌صـدا از روی تخـت بلنـد شـدم و از اتـاق بیـرون آمـدم. حـالا وسـط هـالِ کوچـکِ آپارتمـان تک‌اتاق‌خوابه‌مان پشـتِ دسـتِ راسـتم را روی لبانـم گذاشـته‌ام و روبـه‌روی تابلـویِ فرفره‌هـای رنگـیِ کاغـذی‌ام، که کودکانـه و سـاده کشـیده شـده‌اند، ایسـتاده‌ام. چنـد دقیقـه اسـت کـه اینجا ایسـتاده‌ام؟ به‌طـرف جالباسـی مـی‌روم و شـروع بـه گشـتن جیب‌هـای لباس‌هـای آویزانـم می‌کنـم. بعـد کیـف اداره‌ام را از گوشـه‌ای برمی‌دارم و

می‌گردم. بدجوری هوس سیگار کرده‌ام؛ سیگار هم ندارم. می‌دانستم که ندارم، اما باز لباس‌ها و کیفم را گشتم. از این وسواس احمقانه حالم به‌هم می‌خورد؛ می‌خواهم از همه‌چیز مطمئن شوم. نمی‌دانم با این وسواس چطور با رعنا ازدواج کردم درحالی‌که تقریباً یقین داشتم که عاشقش نیستم. شاید چون یقین داشتم که او عاشقم است. هنوز نمی‌دانم چطور توانست در آن شهر دورافتادهٔ کویری پیدایم کند. چطور توانست من را که درمانده، عصبی و مالیخولیایی در اتاق کثیفِ زیرپلهٔ خانه‌ای متروک روزهای خود را در بی‌خبری و هپروت می‌گذراندم، دوست داشته باشد، بماند، اصرار کند و من را با خود برگرداند. از خودم بدم می‌آید که نمی‌توانم عاشقش باشم. بهتر است آرام و بی‌صدا از آپارتمان بخزم بیرون. باید سیگار پیدا کنم.

ساعت نزدیک دو بعد از نیمه‌شب است. لباس می‌پوشم و از آپارتمان می‌زنم بیرون. کفش‌ها را در دست می‌گیرم و از راه‌پله پایین می‌روم؛ مبادا همسایه‌ای از خواب بیدار شود. تا رسیدن به درِ کوچه باید نفسم را حبس کنم. خوب می‌دانم چطور باید راه رفت، چطور باید جایی را ترک کرد بدون آنکه کسی بیدار شود. این استعداد را از کودکی داشته‌ام، از بعدازظهرهای جمعه‌های کودکی؛ جمعه‌هایی که بوی آش می‌دادند، بوی نعناع‌داغ و پیازداغ و سیر، و چقدر از بوی آش بدم می‌آمد و بعد از ناهار تا ساعت دو بعدازظهر، ساعت شروع اخبار نیمروزیِ تلویزیون، همه باید می‌خوابیدند یا خفه می‌شدند، پدر تنها بعدازظهرِ جمعه‌ها را می‌توانست بخوابد و ساعت دو، ساعت خوبی بود؛ ساعتِ رهایی و آزادشدن، ساعتِ شکستنِ سکوت، پایان انتظار. در اتاق‌ها و حیاط بی‌خود پرسه می‌زدم. وقتی خسته می‌شدم، روی موزائیک‌های حیاط می‌نشستم؛ موزائیک‌هایی با شیارهای برجستهٔ منظم، شیارهایی که از یکی به دیگری

راه داشـت. آنجـا روی موزائیک‌هـا می‌نشسـتم و بـا چشـم امتـداد شیارها را دنبـال می‌کـردم. سـاعت، دوازده دقیقـه مانـده بـه دو. دوازده دقیقـه. دوازده را در شـصت ضـرب کنـی، می‌کنـد به‌عبارتـی ده تا شصت تا، ششـصد تـا، دو تـا شصت تـا، صـد و بیسـت تا. صـد و بیسـت و ششـصد می‌کنـد هفتصد و بیسـت تـا. تـا هفتصد و بیسـت کـه بشـمارم، دیگـر تمام شـده اسـت. اعـداد را خیلـی دوسـت داشـتم؛ پنج‌سـاله کـه بـودم می‌توانسـتم ضـربِ ذهنـی کنـم. به سـاعت نـگاه می‌کنـم و شمارشـم را بـا حرکـت عقربـهٔ ثانیه‌شـمار هماهنگ می‌کنـم. کجـا بـودم، صـد و پنجـاه و پنـج و کدام شـیار، آهان گوشـهٔ راسـتِ موزائیـکِ پنجـم، درسـت روبـه‌رویِ نوکِ انگشـتِ شسـتِ پـایِ چپـم...

روزهـای دیگـر امـا این‌طـور نبـود. مـادر بـرای خـوابِ نیمـروز سـخت‌گیری نمی‌کـرد. از آش هـم خبـری نبـود. در ایـن روزهـا بـا چـوبِ حصیـر و کاغذرنگـی، فرفـره درسـت می‌کـردم. کاغذرنگی‌هـای زرد و سـبز و آبـی و سـرخ را می‌خریـدم. آن‌هـا را در مربع‌هایـی بـه اندازه‌هـای مختلف می‌بریـدم و از روی قطـر تـا می‌کـردم. بعـد بُرشـی به‌انـدازهٔ نصفِ فاصلـهٔ هـر رأس تـا مرکـز در چهار طرف می‌زدم و یکـی از گوشـه‌های چهار مثلث ایجادشـده را یکـی در میـان در مرکز روی هـم قرار می‌دادم و با سـوزنِ ته‌گرد آن‌هـا را روی تکه‌چوبـی از حصیـر کـه به‌دقت و به‌انـدازه بریده بـودم، ثابت می‌کـردم. سـوزن را نبایـد زیـاد فشـار داد؛ بـاد ملایمـی بایـد بتوانـد پره‌هـا را بچرخانـد. جعبـهٔ بسـتنی‌ای را کـه از بقالـی سـر کوچـه گرفتـه بـودم، به‌طور منظـم در سـه ردیـف سـوراخ می‌کـردم و فرفره‌هـا را در آن، جـا می‌دادم. رعنـا، کوچک‌تریـن دختـر همسـایهٔ دیواربه‌دیوارمـان کـه همسـنِ مـن بـود، تمـام مـدت کنـارم می‌نشسـت و بـا تحسـین نگاهـم می‌کـرد. مـن و رعنا با فاصلـهٔ ده روز از هـم بـه دنیـا آمدیـم. مـادر او بعـد از چهار پسـر دلش دختر می‌خواسـت و مـادر مـن بعـد از سـه دختـر، پسـر. و هـر دو بـه آرزویشـان

رسـیده بودنـد. بزرگ‌تریـن فرفـرهٔ سـرخ سـهم رعنـا بـود. برش می‌داشـت و شـروع می‌کـرد بـه دویـدن. بـا بقیـهٔ فرفره‌هـا کنارِ در ورودی خانـه بسـاط می‌کـردم. گاهـی سـاعت‌ها آنجـا می‌نشسـتم تـا خریـداری پیـدا شـود. اما یک مشـتری ثابت داشـتم؛ پیرمردی بسـیار شـیک‌پوش، آن‌هم در آن محله، محلهٔ خیابـان ایـران. پیرمرد، کـراوات آبی می‌زد؛ همرنگ چشـم‌هایش و کت‌وشـلوار سـفید می‌پوشـید. پوسـت سـفید صورتـش گاهی از فرطِ گرما سـرخ می‌شـد. هروقت از کنـار خانه‌مـان رد می‌شـد، شـکلاتی از جیبـش در می‌آورد و آن را بـا یـک اسـکناسِ تانخـوردهٔ ده‌تومانـی بـه مـن می‌داد و فرفرهٔ زردرنگـی برمی‌داشـت. گونـه‌ام را می‌گرفـت و می‌گفـت: «چطـوری زاغـول!». بعـد فرفـره را فـوت می‌کـرد تـا بچرخـد، بلنـد می‌خندیـد و دور می‌شـد. هنـوز یکـی از اسکناس‌هایِ ده‌تومانیِ نـورا در کشـوی میـزم دارم. همـان کشـویی کـه امشـب قبـل از خارج‌شـدن، از آن پول برداشـتم.

حالا بـرای خریـدن سـیگار کجا بروم؟ امشـب از سـرِ شـب هـوا بارانی بـود. بـا قطع‌شـدن بـاران هـم هـوا کمـی سـردتر شـده اسـت. بهتـر اسـت یک‌راسـت بـه میدانِ امام حسـین بروم. میـدان امام حسـین از دوازده شـب به‌بعـد بـرای خـودش بـازار مکاره‌ای اسـت؛ یکـی باقـالا می‌فروشـد، یکی لبـو. سـیگار هم همیشـه پیدا می‌شـود. سـاعت نزدیک دو اسـت، اما شـاید پیرمـرد کورِ سـیگارفروش و زنش هنوز باشـند. آن‌ها از سـاعت دوازده شـب به‌بعـد سـیگار می‌فروشـند؛ هیچ‌وقت زودتر ندیدمشـان. سـاکت و آرام کنار هـم روی جـدول خیابـان می‌نشـینند. پیرزن بیشـتر وقت‌هـا به پیرمـرد تکیه داده اسـت. هیچ‌وقـت ندیده‌ام بـا هـم حـرف بزننـد. حتـی وقتـی از آن‌ها سـیگار می‌خـری هـم بـا هـم حرفـی نمی‌زننـد. پیرمـرد پاکت‌هـای سـیگار را لمـس می‌کنـد و سـیگاری کـه خواسـته‌ای بـه تـو می‌دهـد؛ هیچ‌وقت نفهمیـدم چطـور بـا لمس‌کـردن پاکت‌هـا مارک آن‌هـا را تشـخیص می‌دهد.

زن پـول را می‌گیـرد و بقیـه‌اش را برمی‌گردانـد. پوسـت صورتشـان همیشـه زیـادی چـرب اسـت. یا شـاید این‌طـور به‌نظـر می‌رسـد. از نگاه‌کـردن بـه صورت سرخ‌وسفید و چربشـان چندشـم می‌شـود. مثل دو تکه گوشـت که لایـه‌ای از چربی رویشـان را گرفته باشـد؛ فکر نمی‌کنم هیچ‌وقت سردشـان شـود. بلـه، فکـر کنم بهتر اسـت یک‌راسـت بـه میدان بروم.

پابرهنـه و سایه‌وار از حیـاطِ کوچکِ آپارتمـان می‌گـذرم. درِ دولنگـهٔ آهنـی را آرام بـاز می‌کنـم. پایـم بـه آسـفالت خیـس کوچـه کـه می‌رسـد، نفس عمیقـی می‌کشـم و از شـادیِ خـروجِ موفقیت‌آمیـزم بی‌خود می‌خندم. کفشـم را بـا غـرور به‌پـا می‌کنـم و راه می‌افتـم. هـوای دلچسـبی اسـت بـرای راه‌رفتـن و فکرکـردن؛ بـرای خیال‌بافـی. مـن متولـد مـاه آخر پاییـزم و متولدیـن این مـاه همـه خیال‌باف‌انـد. ایـن را از کتـاب طالع‌بینـی هنـدی می‌گویـم. اولین بـار رعنـا برایـم خوانـد؛ خصوصیـات مـردان متولـد مـاه آذر. بعـد از دو سال از ازدواج‌مـان بـرای اولیـن بـار بـه شـمال رفتـه بودیـم. پاییـز بـود. آن شـبِ پاییـزی در سـاحل آسـتارا هم از سـرِ شـب بیخـود بی‌قرار بـودم و بـه پروپایش می‌پیچیـدم. شـام را خـورده بودیـم و می‌خواسـت ظرف‌ها را بشـوید. دسـتش بـه مایـع ظرف‌شـویی حساسـیت دارد و یادش رفتـه بـود دستکش‌هایش را بیـاورد. گفتـم کـه مـن ظرف‌ها را می‌شـویم، امـا غر هـم زدم کـه صد بـار گفته بـودم کـه چیـزی را فرامـوش نکند. می‌گویـد مجبور نیسـتم ظرف‌ها را بشـویم و خـودش می‌شـوید. می‌دانـد کـه موضـوع، شسـتن ظرف‌هـا نیسـت. از سـرِ شـب کـه موقـع خوانـدن فال هنـدی کذایـی جملـه‌ای را سانسـور کـرد و بـرای خوانـدن آن کتـاب را بـه‌زور ازش گرفتـم، بی‌قرار شـدم. طبق نوشـتهٔ کتاب من هم‌بـازی خوبـی بـرای بچه‌ها بـودم، اما اصـلاً پدر خوبـی نبـودم. از اینکه مرا پـدر خوبـی ندانـد و دسـت از سـرم بـردارد اسـتقبال هـم می‌کنم، امـا طوری رفتـار می‌کـرد انـگار آن را خـودش علیـه مـن نوشـته و از آن شرمسـار اسـت.

در طـول آن دو سـال خـوب فهمیده بـود کـه در شـب‌هایی این‌چنین نباید زیـاد دورو‌بـرم بپلکد. نباید زیـاد حرف بزند. بایـد زود بـرود و بخوابد و رفت و خوابیـد. ظرف‌هـا را کـه شسـتم، دچار عذاب وجدان شـدم. بعد از دو سال بـه مسـافرت آمـده بودیم و مـن این‌طور رفتـار می‌کـردم. آن‌هم چه مسـافرتی! سـه روز تعطیلـی بـود و مـردم بـه شـمال هجـوم آورده بودند. شـب اول خیلی دیـر بـه انزلـی رسـیدیم و مجبور شـدیم شـب را در ماشـین بخوابیم ـ ماشـین را از مأمـور انتظامـاتِ اداره کرایـه کـرده بـودم. وقتـی فهمیـد دنبـال ماشـین می‌گـردم، خـودش پیشـنهاد کـرد ـ و آن شـب، شـب دوم، در آسـتارا همه‌چیز خـوب بـود، امـا مـن خـوب نبـودم. روان‌پزشـک گفتـه بـود این‌جور شـب‌ها نبایـد سـیگار بکشـم یـا چـای و قهـوه بخـورم کـه حالـم را بدتـر می‌کند. اما فقـط در این شـب‌ها هوسِ سـیگار می‌کنم. سـیگار نداشـتم. فکر کـردم حتی اگـر سـیگار هـم پیدا نکنـم، هـوای خوبی اسـت برای پیاده‌روی.

آسـتارا را خیلی دوسـت دارم. مخصوصاً سـاحل سنگی‌اش را با کافه‌ها و پلاژهایـی کـه همیشـهٔ خدا بـوی نا می‌دهنـد. و اینکـه خیابان‌ها تا سـاحل ادامـه دارنـد و انگار دریـا جزئی از شـهر اسـت. بـه‌سـمت سـاحل بـه‌راه افتـادم. سـوئیت مـا در خیابانـی مـوازی سـاحل و در فاصلهٔ یـک کیلومتری آن بـود. بـه‌سـمت شـرق رفتـم تـا از دومین خیابانِ شـمالی به سـاحل بروم. از بعدازظهـر کـه وارد شـهر شـدیم و دنبـال اتـاق می‌گشـتیم، چند بـاری از آن خیابـان و از روبـه‌روی آن خانـهٔ قدیمـی گذشـته بودیـم و هر بـار آن زن را می‌دیـدم کـه در تاریکی اتـاق و در کنجِ بالکـنِ طبقهٔ دوم به تماشـای خیابان نشسـته اسـت. در آن تاریکـی تنها خطوطـی از اندام و موهای سـیاهِ نامرتبش پیـدا بود و البته دود سـیگارش. وارد خیابان دوم شـمالی که شـدم، احسـاس عجیبی داشـتم. هنـوز همان‌جـا در کنج بالکن نشسـته بـود و این‌بـار در نور مهتـاب کـه از بالکـن بـه درون خزیـده بـود، چهـره‌اش را به‌وضوح می‌دیدم.

از نـگاهِ خیرهاش ترسـیدم. نگاهم را دزدیدم و بهسـمت سـاحل بـهراه افتادم. در سـاحل هیچکـس نبود و کافهها همه تعطیل کـرده بودند. در نـورِ مهتاب و بـا سـایههای تنـدی کـه بهوجـود آمـده بـود، فضـای کافهها بیشازپیش خشـن و زمخت بهنظر میرسید. زیـاد دوام نیاوردم و خیلـی زود تصمیم گرفتـم برگـردم و بـاز از همـان خیابانِ دومِ شـمالی. امـا اینبار شبحِ زن از کنـار بالکـن رفتـه بـود. سـایهاش را یـک آن دیدم کـه از روی دیوار گذشـت. انگار داشـت در اتـاق راه میرفت. متوجـه درِ خانـه شـدم؛ درِ دولنگـه، قدیمـی، چوبـی و نیمهبـاز. چنـد لحظه مـردد کنار در ایسـتادم.

گـچ دیوارهـای راهپلـه طبلـه کـرده بـود و از پلههـا کـه بـالا میرفتـی، میتوانسـتی اسـمها و یادگاریهـای زیـادی را روی آن بخوانـی. درِ طبقهٔ اول، زیـرِ راهپلـه بـود. درسـت مثـل اتاقـی کـه در آن شـهر کویـری داشـتم. کفشهایـم را درآوردم و آرام از پلههـا بـالا رفتـم. درِ طبقهٔ دوم هـم نیمهبـاز بـود. در را کمـی بیشـتر بـاز کـردم. اتـاق خالی بود و نـورِ مهتـاب، ذوزنقهای از دیـوار و مثلثـی از فـرشِ کهنـهٔ دسـتبافتِ کـفِ اتـاق را کـه زن را آنجـا دیـده بـودم، کامل روشـن کـرده بـود. نگاه کـردم. کسـی نبود. قصد برگشـتن داشـتم، امـا میلـی عجیب بـه داخل میکشـاندم. انگار سرنوشـتِ محتومی بـود. کمـی طول کشـید تا دیدمـش که گوشـهٔ تاریک اتـاق چمباتمه نشسـته اسـت، پیراهـن سـادهٔ خانگـی پوشـیده بـا شـانهها و بازوهـای عریـان، و تر و فـرز مشـغول پیچیـدن علـف در کاغـذ سـیگار اسـت. در همـان تاریکـی هـم میتوانسـتی نوسـانات مـوزون اندامـش را تشـخیص دهی. آرام سرش را بلنـد کـرد. همانطورکـه طُرهٔ سـیاهی را از روی پیشـانی به پشـت گوشـش میسُراند، بـا چشـمان سـیاه مشـتاقش خیـره شـد بـه مـن؛ انگار مسافرِ آشـنایِ عزیزدلـی بهنـاگاه از سـفر آمـده باشـد. پیـش از آنکه چیـزی بگویم انگشـت سـبابهٔ دسـت راسـتش را روی لبانش گذاشـت. چشـمانش از شـوق

می‌درخشید. چهـره‌ای گندمگون داشـت و پوسـتی کشـیده و صاف. لبانش نیمه‌بـاز بـود و لب پایینـش از هوس می‌لرزیـد. آرام گفـت: «خیلی منتظرت بـودم.» از روی تاقچـه، از روی ترمـه‌ای نخ‌نمـا، کنـار آینـه‌ای شکسـته، جاسیگاری‌ برنجی‌ِ گـرد و جعبـهٔ کبریت را برداشـتم. احسـاس می‌کردم که پیش‌تر بارهـا در ایـن اتـاق بـوده‌ام. انـگار بـه خانـه برگشـته بـودم. خانه‌ای کـه سـال‌ها بـود ترکـش کـرده بـودم. روی مثلـثِ نورانیِ فـرش، کنـار بالکنِ روبه‌خیابان نشسـتم. آرام و با طمأنینه آمد و روبه‌رویم نشسـت. سـیگاری را کـه پیچیده بود، دسـتم داد. کبریت کشـیدم. کام اول را که گرفتم، به آغوشـم آمـد و سـر روی شانه‌ام گذاشـت. با هـر کام احسـاس می‌کـردم کم‌کم تمام اسـترس‌ها، لرزش‌هـا و بی‌قراری‌هـا از وجـودم خـارج می‌شـود...

در میـدان کسـی نیسـت. اصـلاً انتظـار کسـی را هـم نداشـتم، حتی پیرمـرد کـورِ سـیگارفروش و زنش. خیابان خلـوت اسـت و هرازچندگاهی ماشـینی با سـرعت می‌گذرد. بهتر اسـت سـوار ماشین شـوم. چند دقیقه‌ای می‌گـذرد تـا پیـکانِ رنگ‌ورورفتهٔ زردرنگی بایسـتد. راننده، پیرمردی اسـت با چشـمانی روشـن و پوسـتی سـفید؛ آن‌قدر سـفید که انـگار تـازه صورتش را تراشـیده اسـت. ماشـین با سـرعتی کمتر از آنچه در این سـاعت و با این خیابـانِ خلـوت انتظـار مـی‌رود، حرکـت می‌کنـد و پیرمـرد هرچندلحظه یک‌بار نگاهـی بـه مسـافر شـبانه‌اش می‌انـدازد. موتورسـواری کـه زنـی جـوان بـر تـرک دارد سـبقت می‌گیـرد. زنِ جـوان دسـتش را دور کمـر مـرد حلقـه کرده اسـت. موتورسـوار هم با سـرعتی کمتر از حد انتظار می‌راند. پیرمـرد می‌گویـد: «چـه سـفت گرفتـه!» و پاکـت سـیگار را رو بـه مـن می‌گیـرد. کبریت می‌کشـد و می‌گویـد چـه انگشـت‌هایِ ظریفِ زنانه‌ای دارم. به رویـم نمی‌آورم و بـا حـرص پکی به سـیگار می‌زنـم. پیرمرد که از بی‌اعتنایی‌ام عنـق شـده، با سـرعتِ بیشـتری می‌راند. احسـاس می‌کنم

که چشمانم سنگین شده و خواب به آن‌ها راه یافته است. پکِ آخر را به سیگار می‌زنم و در جاسیگاریِ برنجیِ گرد خاموش می‌کنم و می‌خزیم در تاریکی. دستانم اندام موزونش را سِیر می‌کند. با لذت چشمانم را بر هم می‌گذارم. به موهای شلال سیاهش چنگ می‌زنم و آرام انگشتانم را می‌سُرانم روی صورتش. زبری عجیبی زیر انگشتانم حس می‌کنم. چشمانم را که باز می‌کنم با چشمان روشنِ هیزش زل زده و پوزخند می‌زند. از دیدن پوستِ سرخ‌وسفید صورتش که انگار کمی هم چرب است، چندشم می‌شود. با لرزشی شدید و هیستریک از خواب می‌پرم. نفسم بریده‌بریده بالا می‌آید و تمام تنم خیس عرق است. به رعنا نگاه می‌کنم. او دیگر به از خواب‌پریدن‌های شبانه‌ام عادت کرده و بیدار نمی‌شود. آرام و بی‌صدا از روی تخت بلند می‌شوم و از اتاق می‌روم بیرون. احساس عجیبی دارم انگار این لحظه را قبلاً هم تجربه کرده‌ام. روبه‌روی تابلوی فرفره‌های کاغذی‌ام ایستاده‌ام و پشت دستم را روی لبم گذاشته‌ام. دارم فکر می‌کنم شاید از شبِ قبل سیگاری برایم مانده باشد.

برای الیزه

هرچـه می‌گـردم زنـگ طبقهٔ زیرِ همکـف را پیـدا نمی‌کنم. شایـد اشتباه آمـده‌ام. کاغـذی که نشـانی را روی آن نوشته‌ام دوباره با دقت نـگاه می‌کنم. کاغـذ از کهنگـی در حـال پوسیـدن اسـت، امـا هنـوز خواناست. نشـانی درسـت اسـت، امـا از زنگ طبقهٔ زیرِ همکف خبری نیسـت. در باز است. وارد می‌شـوم. خانـه‌ای اسـت قدیمـی و ویلایـی در محلـه‌ای خلـوت و دنج در شـهرک غـرب. جلـو سـاختمان حیاطِ کوچکی دارد. از راه‌پلـه صـدای سـرفه‌های خشـک و خش‌دار کسـی می‌آیـد. جلوتـر کـه می‌روم، پیرزنـی را می‌بینـم کـه روی زمیـن نشسـته و پله‌ها را بـا کهنه‌پارچـه‌ای تَر تمیـز می‌کنـد. سـرفه‌هایش بـا حرکـت پارچه هماهنـگ شـده؛ نمی‌فهمـم هیکل چاقـش از کشیـدن کهنه روی پله‌هاسـت که تکان می‌خورد یا از زور سـرفه. بـا نـگاه وراندـازم می‌کنـد و دوبـاره مشـغول کارش می‌شـود. چشـم‌هایش تـب‌دار اسـت؛ سـرخ و خیـس. روسـری نارنجـی‌اش را پشـت سـرش گره زده. صورتـش سـفید و چشـم‌های پف‌کرده‌اش روشـن اسـت. موهـای بور کـه در شـقیقه‌ها بیشـتر بـه سپیدی می‌زنـد، از گوشـه‌های پاییـن روسـری ریختـه روی گردنـش. گردن‌بنـد مرواریـد انداختـه و یقهٔ پیراهـن نازکش باز

است. رگه‌های عرق از گردن تا چاک عمیقِ بینِ پستان‌های بزرگش راه باز کرده. مانده‌ام گردن‌بند واقعی است یا بدل. می‌پرسم: «مطب آقای دکتر فلاحتی اینجاست؟» می‌گوید: «خونه‌ش رو می‌خوای یا مطبش رو؟» و با تأکید می‌گوید: «من مادرشم.» دست‌هایش را موقع حرف‌زدن تکان می‌دهد. انگشتانش هم پُر است از انگشترهایی بی‌تناسب. شرط می‌بندم همه‌شان اصل باشند؛ فیروزه، عقیق، کهربا و البته مروارید. می‌گویم: «مطبشون». با دست راست راه‌پلهٔ پایین را نشان می‌دهد؛ انگشتری طلا با نگین عقیق درشت جلب توجه می‌کند. به تمیزکردن پله‌هایی که همین حالا هم از تمیزی برق می‌زنند، ادامه می‌دهد. صدای جیرینگ‌جیرینگ النگوهایش در راه‌پله می‌پیچد. از پله‌ها پایین می‌روم. می‌گوید: «در بزن! منشی باز می‌کنه.» پشت به من روی پله‌ها نشسته و تمام هیکلش از کشیدن دستمال روی پله‌ها تکان می‌خورد. در می‌زنم. منتظر می‌شوم. کسی در را باز نمی‌کند. شاید بهتر است برگردم. اما قبل از رفتن دستگیره را می‌چرخانم. در باز می‌شود. بعد از کمی مکث وارد می‌شوم.

سالنی است بزرگ و خالی؛ به هر جایی شبیه است جز اتاقِ انتظارِ مطبِ یک روانکاو. رعنا آن روزها زیاد اینجا می‌آمد. همان روزهایی که ناگهان و بدون مقدمه گفت می‌خواهد از من جدا شود. البته پدر می‌گوید آن‌قدرها هم بی‌مقدمه نبود. می‌گوید من آن‌قدر حواس‌پرت شده‌ام که نشانه‌ها را نگرفته‌ام. می‌گوید از وقتی رعنا دیگر برای دیدنش همراه من نیامده، فهمیده که اتفاقی در راه است. من اما اول جدی نگرفتم. رعنا چطور می‌توانست فکر جدایی از من را به ذهنش راه بدهد. بعد سعی کردم نگذارم پیش این دکتر بیاید. فکر می‌کردم همه‌چیز زیر سر این دکتر است. اما حریفش نمی‌شدم. می‌گفت

اینجا که می‌آید و با دکتر که حرف می‌زند، شرایط را راحت‌تر تحمل می‌کند. می‌پرسیدم: «چه شرایطی؟ چیزی تو زندگی ما عوض نشده!» می‌گفت: «همین! همین! هیچ‌وقت هم عوض نمی‌شه.» درست است که صد بار قول داده بودم که ترک کنم و زیرش زده بودم، اما مصرفم را کم کرده بودم. آزاری برایش نداشتم، اما راستش انگیزه‌ای هم نداشتم که ترک کنم؛ علف از معدود چیزهایی است که هنوز از آن لذت می‌برم. رعنا نمی‌توانست جایش را بگیرد. به‌نظر می‌رسید که دیگر نمی‌خواهد که جایش را بگیرد.

از پشتِ درِ آلومینیومی‌ای که فضای ورودی و سالن را از فضایی دیگر، که باید اتاق مشاوره باشد، جدا می‌کند و روی آن نوشته شده «لطفاً بدون هماهنگی وارد نشوید»، صدای عصبی زنی می‌آید. گوش می‌کنم. چیزی دستگیرم نمی‌شود. هرچه صبر می‌کنم، از منشی خبری نیست. سالن پر است از صندلی‌های چرمی سیاه که ردیف شده‌اند کنار دیوارِ سمت چپ سالن. وسط سالن هم دو ردیف دیگر از همان صندلی‌هاست. روی اولین صندلی می‌نشینم؛ نزدیک به در، روبه‌روی میزِ منشی. بوی چرمِ کهنهٔ قدیمی فضا را پر کرده، بوی چرمِ چسبناک، بوی چرمِ صندلی‌هایی که مراجعان روی آن‌ها نشسته‌اند و عرق ریخته‌اند و حالا بوی نایِ چرمِ عرق‌نشسته به‌جا مانده. صدای زن می‌آید، اما مفهوم نیست. روی میز منشی لایهٔ نازکی از خاک نشسته. مطمئنم هفتهٔ پیش که برای گرفتن وقت زنگ زدم خانم منشی‌ای که صدای صاف و جوانی داشت، جوابم را داد. اما نمی‌توانم صددرصد مطمئن باشم. به سرم می‌زند که شاید فکر کرده‌ام که تلفن زده‌ام، ولی در اصل نزده‌ام. الان هم اینجا نیامده‌ام و شاید این طبقهٔ زیر همکف هم یکی از جاهایی است که فکر می‌کنم رفته‌ام، اما در اصل تمام مدت در

اتاقم بوده‌ام. بهتر است بروم بیرون سیگاری بکشم. تلفن سانترالِ گوشهٔ میز با صدای گوش خراشی زنگ می‌خورد. ده بار زنگ می‌خورد. کسی نیست تا جوابش را بدهد. بلافاصله صدای زنگ موبایلی با آهنگ «برای الیزه»[1] بتهوون از داخل اتاق مشاوره به‌صدا درمی‌آید. این آهنگ، زنگ موبایل محبوب رعنا بود. از قاب‌های شیشه‌ایِ سه در آلومینیومی دولنگه‌ای که سالن را از حیاط جدا می‌کنند، حیاط پیداست که چند درختچهٔ کوچکِ کاج و جابه‌جا گل‌هـای بهاری دارد. اما خالی و لخت است. استخری هم به رنگ آبیِ چرک دارد که خالی است. شاید زمانی اینجا مهمانی‌هـای بزرگی برپا می‌شـده؛ استخر پُرآب، حیاط سرسبز و شلوغ و مشام سالن از بوی عطرهـای فرانسوی پر بوده است. یک روز عصر که از اداره آمـدم، دیـدم وسـایلش را جمـع کـرده و رفتـه است خانهٔ مـادرش. گفـت دیگـر برنمی‌گـردد. بهتر است توافقی جدا شـویم. بالاخره طـلاق گرفتیـم. یکـی دو ماهـی نگذشتـه بـود کـه تلفن‌هایش شـروع شـد. اول چیـزی نمی‌گفت یا می‌گفت فقط زنگ زده حالـم را بپرسـد. اما بعد وقتـی زنـگ مـی‌زد و کمـی حـرف می‌زدیم، شـروع می‌کـرد بـه گریه‌کردن. یک‌بـار پرسیـدم مگـر خـودش آن‌همـه اصرار نکـرد که جـدا شـویم. گفتم اگـر دوسـت دارد می‌توانـد برگـردد. پرسیـد: «هنـوز علـف می‌کشـی؟» گفتـم: «می‌کشـم، امـا کمتـر.» گفت: «پـس بهتـری!» واقعیت ایـن بود که از وقتـی رفتـه بـود، بهتـر بـودم. انگـار آرامـش پیدا کـرده بودم. برگشـته بودم پیـش بابـا. دوتایـی، مجـردی بـا هم خوش بودیم. واقعاً دوسـت نداشـتم دوبـاره از اول شـروع کنیـم، اما گفتـم: «اگـه بخوای، می‌تونیم دوباره از اول شـروع کنیـم.» خندیـد. گفـت: «همـان یک بـارش هم زیادی بـود. دلت برای مـن نسـوزه. حالـم خـوب می‌شـه.» امـا دوبـاره چنـد روز بعـد زنگ

<hr>

1- Für Elise

می‌زد و می‌زد زیر گریه و همین حرف‌ها را دوباره تکرار می‌کردیم. زنِ پشتِ درِ آلومینیومی می‌گوید: «دیگه از دست همه‌شون خسته شده بودم.» برمی‌گردم، می‌روم سر جایم می‌نشینم. گوش می‌کنم. به‌جز صدای زن صدای دیگری نیست. انگار یک‌ضرب دارد با خودش حرف می‌زند. صدای دکتر را نمی‌شنوم. صدای زن هم مفهوم نیست. مجله‌ای از روی میزِ منشی برمی‌دارم و سرم را با آن گرم می‌کنم. از این مجله‌های خانوادگی است که داستان‌های ملودرام و پلیسیِ دنباله‌دار چاپ می‌کند. این اواخر شروع کرده‌ام عصرها وقتی از اداره می‌آیم، برای خودم چیزهایی می‌نویسم. چیز خاصی نیست. اما کمک می‌کند کمتر به علف فکر کنم. بیشتر در مورد اداره و کارمندهایش به طنز می‌نویسم. البته دیگر اداره نیست؛ اسمش را عوض کرده‌اند و گذاشته‌اند سازمان، اما رسمش هنوز همان اداره است که بود. زن می‌گوید: «هیچ عذاب وجدانی ندارم. تازه می‌فهمم که هیچ‌وقت دوستم نداشته. وقتی فهمید، هیچ عکس‌العملی نشون نداد. اصلاً براش مهم نبود.» بالای صفحه نوشته قسمت چهارم از داستان «مرگ در خانهٔ متروک» که براساس خاطرات واقعی بازپرس چی‌چی نوشته شده. زن با صدای نه‌چندان بلند اما واضح می‌گوید: «بهترین کاری که می‌تونستم بکنم، کردم؛ همه‌شون رو ترک کردم.» و بعد فقط سکوت، سکوت محض. حوصلهٔ خواندن ندارم. من هم تمام عمر رؤیایم این بود که یک روز همه‌چیز را بگذارم و بروم. ترک کنم. و کردم. اما برای مدتی خیلی کوتاه. برای همیشه کندن و رفتن به‌جایی که کسی نتواند پیدایت کند، شجاعتی می‌خواهد که هیچ‌وقت نداشتم. شدیداً هوس سیگار کرده‌ام. مجله را می‌بندم و می‌اندازم روی میز.

احساس بلاتکلیفی می‌کنم. اصلاً برای چه به دیدن این دکتر آمدم.

بهتـر اسـت بـروم بیـرون سـیگارم را بکشـم و برگـردم. امـا هـر لحظـه ممکن است نوبتـم بشـود. بهتـر اسـت منتظـر بمانم. سـکوت چنـد دقیقـه‌ای طول می‌کشـد. درِ فلـزی بـاز و دکتـر وارد سـالن می‌شـود. موهـای کامـلاً سـفید، صـورتِ پاک‌تراشـیده، پیراهـن آسـتین‌بلندِ پوسـت‌پیازی و شـلوار پارچـه‌ایِ سـیاه. لبـهٔ آسـتین راسـتش را دوبـار تـا زده. خـودم را معرفی می‌کنـم. زیرلب اسـمم را تکـرار می‌کنـد؛ علی امینی. می‌پرسـد قبلاً هـم اینجا آمده‌ام، اسـمم برایـش آشناسـت. می‌گویـم اسـم مـن بـرای خیلی‌ها آشناسـت. شـوخی‌ام را نمی‌گیـرد. می‌گویـم بار اول اسـت کـه می‌آیـم. در حین دسـت‌دادن می‌گوید تـا پانـزده دقیقـهٔ دیگـر وقت مراجعه‌کننـدهٔ قبلـی تمـام می‌شـود. آن‌قـدر آرام صحبـت می‌کنـد کـه مجبـورم کمـی نزدیک‌تـر شـوم تـا صدایـش را بشـنوم. وارد آشـپزخانه می‌شـود. داخل آشـپزخانه یک اجاق رومیزی سه‌شـعله است و سـینک ظرف‌شـویی. نگاهـی بـه اجـاق می‌انـدازد، زیـر کتـری خامـوش اسـت. درِ یخچـال را بـاز می‌کنـد و چشـم می‌دوزد بـه داخلـش. نـه چیـزی برمـی‌دارد، نـه درش را می‌بنـدد. همان‌طـور جلـو یخچـال ایسـتاده. روی درِ کنارِ آشـپزخانه نوشـته شـده: «دست‌شـویی خراب اسـت. لطفاً وارد نشوید.» یـادم می‌آیـد کـه از لحظـهٔ ورودم می‌خواسـتم بروم دست‌شـویی. دکتـر بدون آن‌کـه چیـزی بـردارد، در یخچـال را می‌بنـدد و از آشـپزخانه می‌آیـد بیـرون. مـی‌رود به‌سـمت میزِ منشی. یـک تابلوی نقاشـیِ بـازاری از طبیعـت آویخته شـده بـه دیـوارِ پشـتِ میز. دکتر از کشـوی سـمت راسـتِ میـز قوطیِ مقوایی استوانه‌ای‌شـکلِ کهنـه‌ای را بـا سـروصدا بیرون می‌آورد و روی میـز خالی‌اش می‌کنـد. پـر اسـت از خودکارهـای ارزان‌قیمـتِ استفاده‌شـدهٔ بـی‌در. آن‌هـا را یکی‌یکـی روی تنهـا کاغـذِ روی میـز امتحـان می‌کند. نقاشـیِ روی دیـوار از آن‌هایـی اسـت کـه نقـاش خوش‌مشـربِ برنامـهٔ «لـذت نقاشـی» کـه رعنا عاشـقش بـود، نمونه‌هـای خیلی بهترش را در پانزده دقیقه می‌کشـد؛ درسـت

به‌انـدازهٔ زمانـی کـه بایـد منتظر وقت مشاوره‌ام باشـم. فکر اینکه این نقاشی می‌توانـد در زمـان معطلـی مـن کشـیده شـده باشـد، معذبـم می‌کنـد. رعنـا شـروع کـرده بود بـه نقاشی‌کشیدن. خیلی خوشـحـال بودم که بالاخـره چیزی پیـدا کرده که سـرش گرم باشـد. به‌نظرم استعدادکی هم داشـت. بعد ناگهان ولـش کـرد. گفت هیچ‌چیـزی نمی‌توانـد جـای آن چیـزی را کـه مـن بایـد بهش بدهـم، پـر کنـد. مـن منظـورش را می‌فهمیـدم امـا کاری از دسـتم برنمی‌آمد.

دکتـر بعـد از امتحـانِ چنـد خـودکار بالاخـره یکـی پیـدا می‌کنـد کـه می‌نویسـد. بـرش مـی‌دارد و بقیـه را می‌ریـزد داخـل قوطی. قوطـی را سـر جایـش، در کشـوی سـمت راسـت میـز، می‌گذارد. سـرش را پاییـن انداختـه، خیلـی کُنـد به‌طـرف اتـاق مشـاوره مـی‌رود. انـگار هیـچ رغبتـی بـه رفتـن نـدارد. سـرفهٔ کوتاهی می‌کنم و بسـیار آرام می‌گویم: «ببخشـید آقـای دکتر، دست‌شـویی کجاسـت؟» در کنـارِ ورودی را نشـان می‌دهـد. می‌گویـد کلیـد داخـل اسـت. وارد اتـاق می‌شـود و در را می‌بندد. نمی‌فهمـم کلیـد در را می‌گویـد یـا کلیـد بـرق را. کلیـد برقِ بیـرون را می‌زنـم، چراغـی روشـن نمی‌شـود. در را بـاز می‌کنـم. کلیـد داخل را می‌زنم. چراغ روشـن می‌شـود. بـه در نـگاه می‌کنـم. یـک کلیـد برنجـی قدیمـی بـه در اسـت. کلیـدِ در را می‌چرخانـم. در بسته نمی‌شـود.

سـاعت را کـه نگاه می‌کنم تعجب می‌کنم؛ پانزده دقیقـه، شـده نیـم سـاعت. نمی‌دانـم در ایـن مـدت داشـتم بـه چـی فکر می‌کـردم، امـا ایـن نیـم سـاعت خیلـی زود گذشـت. دکتـر بـا دختـری جـوان از اتـاق مشـاوره بیـرون می‌آیـد. از دیدنـش جـا مـی‌خـورم. از لحـن صدایـش و نـوع شـکوه و شـکایت‌هایش حدس می‌زدم زنـی میان‌سـال باشـد، چهل‌وچندسـاله، کـه از دسـت بچه‌هایـش کـه حـالا دیگـر بـه سـن بلـوغ رسیده‌اند، خسـته شـده. شـوهرش توجهـی بـه او نـدارد و زن چندوقتـی اسـت درگیـر رابطـهٔ عاطفـی

جدیـدی شـده کـه باعـث عـذاب وجدانـش شـده اسـت. جملۀ آخـرش می‌توانسـت پایـان داسـتان را بسـازد؛ همـه را تـرک کـرده اسـت. امـا حـالا دخـتر جوانـی روبه‌رویـم ایسـتاده کـه بیشـتر از بیسـت و پنج سـال نمی‌توانـد داشـته باشـد. مانتوی گشـاد و عبامانند بلندِ سـبز، دامن سیاه کـه چین‌هایش تـا روی پاهـا را پوشـانده و کفـش ورزشـی آبی‌رنـگ پوشـیده؛ بی‌تناسـب بـا لباس‌هایـش. کیفِ حصیـری بزرگـی به بـازوی چپش آویختـه و بـا انگشـتانش کـه لاک قرمز تندی دارند، لبۀ راسـت مانتوی بی‌دکمه‌اش را روی سـینه بسـته نگـه داشـته. بـا خـودم فکـر می‌کنـم کـه حتمـاً چپ‌دسـت اسـت. بـا دسـتِ راسـت پاکـت سـیگار و فندکـش را درمی‌آورد. سـعی می‌کند نگاهـم نکند. منتظـرم قـرار بعـدی‌اش را بـا دکتر بگـذارد. امـا حرفـی نمی‌زند. عجلـه دارد کـه زودتـر بـرود. هـوس می‌کنـم بیفتـم دنبالش. بـالای پله‌هـا یا شـاید بیرون از در خانـه، اول از همـه می‌خواهـد سـیگاری بگیرانـد، آن‌وقت می‌توانم سـرِ صحبـت را بـاز کنـم. دکتـر می‌گویـد: «بفرمایید تـو!» و راهنمایـی‌ام می‌کند بـه اتـاق مشـاوره. تـا به خـودم بیایـم دختـر رفتـه. وارد اتاق می‌شـوم.

کـف اتـاق، فـرش ماشـینیِ کهنـه‌ای انداخته‌اند. یک‌سـو میـزِ دکتر و صندلـی گردانـش اسـت و سـوی دیگـر مبل‌هایـی شـبیه مبل‌هـای داخل سـالن؛ دو تـا یک‌سـو و یکـی سـمت دیگـرِ میـزِ کوتاهِ وسط اتـاق. روی یکـی از دو مبلِ کنـارِ هـم می‌نشـینیم. دکتـر به‌جـای صندلـی گردانِ پشـت میـزش، می‌نشـیند روی تک‌مبل روبه‌رو. کاغذی کاهـی از کیف چـرمِ رنگ‌ورورفتـه‌اش در می‌آورد، می‌گـذارد روی میـزِ کوتـاه، بین من و خـودش. دوبـاره اسـم و فامیلـم را می‌پرسـد و اینکـه چـه شـده بـه او سـری زده‌ام. هنـوز دارم بـه دخترِ جوان فکر می‌کنم، دوسـت دارم بیشـتر دربـارۀ او بدانـم. دوسـت دارم بلنـد شـوم و بـروم دنبالـش. دکتـر هنـوز منتظـر اسـت کـه مشـکلم را بشـنود.

از تنهایی می‌گویم و عدم تواناییِ ارتباط با جنسِ مخالف پس از جدایی از همسرم. تابه‌حال این‌قدر ساده‌لوحانه و بی‌احساس درباره‌اش حرف نزده‌ام. حس می‌کنم چقدر پیش‌پاافتاده است. مخصوصاً حالا که در فکر آن دختر جوانم که با لباس‌های عجیبش احتمالاً الان جایی در ماشینش نشسته، سیگارش را دود می‌کند. می‌گویم: «فکر نمی‌کنم برای حل این مشکل کسی بتونه کمکی بکنه. فقط می‌خوام راحت‌تر تحملش کنم.» سعی می‌کنم مشکلم را بی‌اهمیت نشان دهم و زودتر سروته قضیه را هم بیاورم. دکتر با حروفی کج‌ومعوج و بزرگ روی کاغذ چیزی می‌نویسد. باید مشکل بینایی داشته باشد. روی کاغذ می‌نویسد «تفاوتِ بین» بعد دو خط مورّب جلوی این عبارت. جلوی یکی می‌نویسد «پذیرش» و جلوی دیگری «قبول‌داشتن». می‌گوید: «من پیرِ دیرِ همهٔ دکترهای مشاورم. همه به‌نوعی شاگرد من‌اند. اون چیزی که قبول دارم یه مرکز مشاورهٔ شیک و مدرنه. اما حالا اینجام. طبقهٔ بالا زندگی می‌کنم، اینجا مشاوره‌های خصوصی رو انجام می‌دم و توی سالن، جلسات گروهی. این شرایط رو پذیرفتم، اما قبول ندارم.» از لزومِ ایجادِ انگیزه پس از پذیرشِ شرایطِ موجود به‌منظورِ تلاش برای رسیدن به شرایطِ مورد قبول حرف می‌زند. از ذهنم می‌گذرد کمی نصیحتش کنم؛ بهتر است همین شرایطی را که دارد، قبول کند. رؤیای یک مرکز مشاورهٔ مدرن و پُرهزینه برای پیرمردی به سن او می‌تواند خطرناک باشد. بی‌مقدمه می‌گویم: «شبا تا صبح خواب ندارم. خیلی وقتا آفتاب که می‌زنه، تازه خوابم می‌بره. دو ساعت بعد عصبی از خواب بلند می‌شم که برم سرکار. تمام روز یا توی عالم هپروتم یا با فکرهایی که تو سرم وول می‌خوره، بی‌خودی سعی می‌کنم کار کنم. وقت و بی‌وقت الکی می‌زنم زیر گریه، به‌خصوص تو دست‌شویی، وقتی تو آینه به خودم نگاه می‌کنم.»

می‌پرسد: «چند وقته مواد مصرف می‌کنید؟»

می‌گویم: «دقیق نمی‌دونم. باید ده سالی بشه. از قبل ازدواجم. زنم می‌دونست، اما بعد به این بهانه ازم طلاق گرفت.»

منتظرم بپرسد چه چیزی مصرف می‌کنم. اما می‌گوید باید حتماً سراغ خانم دکتر یاراحمدی بروم که در این موارد بسیار باتجربه است. شروع می‌کند به تعریف‌کردن از خانم یاراحمدی. به حرف‌هایش گوش نمی‌دهم. می‌گویم: «نمی‌خوام ترک کنم. می‌خوام راحت‌تر تحمل کنم.» بعد از سکوتی طولانی می‌گوید: «با این‌حال باز هم باید به خانم یاراحمدی سری بزنید.»

دست‌هایم دوباره دارد شروع می‌کند به لرزیدن. نمی‌خواهم بگذارم قسر در برود. می‌گویم: «بعضی شبا افکار احمقانه‌ای به سرم می‌زنه. به سرم می‌زنه همه رو ترک کنم و برم یه جای دور؛ جایی که دیگه هیچ آشنایی نبینم.»

گریه‌های بی‌دلیلم را پیش می‌کشد. می‌گوید البته با توجه به شرایط ویژهٔ من او صلاحیت اظهارنظر در این خصوص را ندارد و ممکن است از آثار موادی باشد که مصرف می‌کنم. اما در حالت کلی توصیهٔ او به بیماران در چنین شرایطی آن است که روی چیزی که ناراحتشان می‌کند، متمرکز شوند. زیر «پذیرش» و «قبول‌داشتن» خط می‌کشد. می‌نویسد A و روبه‌رویش حادثه، زیرش B، اندیشه دربارهٔ حادثه و C، ناراحتی. دورِ اندیشهٔ قسمت B دایره‌ای می‌کشد و با دو پیکان آن را به حادثه و ناراحتی وصل می‌کند. می‌گوید به حالت‌های احساسی‌ام در زمان ناراحتی کاری ندارد. باید روی افکارم، افکاری که آن حالت‌ها را می‌سازند، متمرکز شوم. می‌گوید این افکار را یادداشت کنم و با خودم برای خانم‌دکتر ببرم. لبخند می‌زنند و حرکتی می‌کند که یعنی

جلسه را تمام‌شده می‌داند. پانزده دقیقه هم نشده که در اتاق مشاوره‌ایم. می‌گویم: «نمی‌دونم چه افکاری باعث ناراحتی‌م می‌شه، اما اجازه بدید یه موردش رو براتون تعریف کنم.»

دکتر تمام هوای داخل ریه‌هایش را با صدا بیرون می‌دهد: «خب اگه دوست داری، بگو!»

«چند شب پیش، از معدود شبایی بود که سرِ شب خوابم برد. خواب دیدم توی یه قبرستونم. قبرای خالی، منظم به صف شده بودند، منتظر مرده‌ها. یه گوشه، چند نفر به‌سرعت یه جنازه رو چال می‌کردند. غروب بود. زنِ سابقم رو دیدم که روی یه بلوکِ سیمانی، بالای یه قبرِ تازه، نشسته و آش می‌خوره. یه پارچهٔ سیاه توی باد تکون می‌خورد. می‌اومد جلوی چشمام و می‌رفت. همه‌جا تاریک شده بود. زنم زیر گوشم پچ‌پچ حرف می‌زد. تاریک بود. نمی‌تونستم ببینمش، اما بوی همیشگی‌اش رو می‌داد. پوست تنم از لذت مورمور شد. انگار با هم توی قبر بودیم، اما بعد دیدمش که با یه شمع توی دستش اومد بالای قبری که من توش بودم، ایستاد و زل زد به من و کس دیگه‌ای که با من توی قبر بود. یه پارچهٔ سفید دستش بود که انداخت روی ما. خندید. دندوناش رو دیدم. بین دندوناش سبزی آش چسبیده بود. بعد شروع کرد به ریختن خاک. من تقلا می‌کردم که خودم رو بکشم بیرون، اما زنی که با من توی قبر بود، من رو سفت گرفته بود. نمی‌تونستم خودم رو از دستش خلاص کنم. نور شمع، صورتش رو روشن کرده بود. پیر بود، خیلی پیر. از خواب پریدم. تا صبح توی اتاق راه رفتم، گریه کردم و سیگار کشیدم.»

نفس عمیقی می‌کشم و تکیه می‌دهم به پشتی صندلی. دکتر ساکت است. دستش را زیر چانه زده، خیره شده به میز. انگار اصلاً به من

گـوش نمی‌کـرده. فکر می‌کـردم می‌توانـم گیرش بینـدازم. می‌گویـم: «چه فکـری می‌تونـه باعث دیـدن همچیـن خوابی بشـه؟»

جـواب نمی‌دهـد. اجـازه می‌گیـرم سیگاری روشـن کنـم. می‌گویـد: «اینجا نمی‌شـه سیگار کشیـد.» خـودکار را برمی‌دارد. می‌گویـد باید پیش خانـم دکتـر یاراحمـدی بـروم. آدرس را روی همـان کاغذ کاهی می‌نویسـد. سـیگارم را روشـن می‌کنـم. نگاه می‌کنـد، امـا اعتراضـی نمی‌کنـد. گوشهٔ سـمت چپِ پاییـنِ کاغـذ، کادر کوچکی می‌کشد. در کادر می‌نویسـد: «شـناخت افکار خـود». کاغـذ را به‌طرفـم می‌گیـرد. دوسـت نـدارم تـا وقتـی سیگارم تمام نشـده، آنجـا را تـرک کنـم. کاغـذ را روبه‌رویـم روی میز می‌گـذارد. می‌گویـد متأسـفانه بهـش خبر داده‌انـد که یکـی از مریض‌هایش دسـت بـه خودکشـی زده، بایـد زودتر بـه سـراغ او برود.

می‌گویـم: «مریض‌هـای شـما زیـاد دسـت بـه خودکشـی می‌زننـد؟» و خاکسـتر سیگار را می‌تکانـم روی فرش. حرفـی نمی‌زند. بلنـد می‌شـود و می‌رود پشـت میـزش. «آخـه زن سـابق مـن چنـد مـاه بعـد از اینکـه بـه سـفارش مشـاورش از مـن طـلاق گرفت، خودکشـی کـرد.» یک لحظه مکـث می‌کنـد. آسـتین پیراهنـش را پاییـن می‌کشـد. پوشـه‌ای را از روی میز برمی‌دارد. می‌گـذارد تـوی کیفش. خاکسـتر سیگار می‌ریزد روی شـلوارم. می‌تکانمـش. «دوسـت نداریـد بدونیـد اسـم زن سـابقم چیه؟» دکتـر بـه خـودکاری کـه در دسـت دارد، نـگاه می‌کنـد. درِ کیفـش هنـوز بـاز اسـت. خـودکار را سـمت مـن می‌گیـرد. می‌گویـد: «ایـن مـال شماسـت؟»

می‌گویـم: «نـه، مـال خودتونـه. یک سـاعت قبل از تـوی قوطیِ مقواییِ کشـویِ سـمت راسـتِ میزِ منشـی، تـوی سـالن انتظار، برش داشـتید.»

چنـد ثانیـه نگاهـم می‌کنـد. خـودکار را در کیـف می‌انـدازد. دوبـاره و این‌بـار بـا صدایـی بلندتـر می‌پرسـم: «اسـم زن سـابقم رو دوسـت نداریـد

بدونیـد، آقـای دکتـر؟» دوسـت دارم خودم را عصبانی و خشـن نشـان دهم، امـا صدایـم می‌لـرزد و کار را خـراب می‌کند. بـرای اولین بار بلنـد و واضح، طـوری کـه به‌راحتـی می‌شـنوم، می‌گویـد: «طـلاق موضوعی‌ایـه کـه آدم‌ها در مـوردش خودشـون تصمیـم می‌گیرند. مـا بـه مریض‌هامـون کمـک می‌کنیـم تصمیـم درسـت رو بگیرند، بـه جاشـون تصمیم نمی‌گیریـم. گفتم کـه مـن بایـد بـرم». دیگر منتظـر جوابـم نمی‌مانـد و از اتـاق مشـاوره بیرون مـی‌رود. بعـد در فلـزی محکم به‌هم می‌خـورد. فیلتر سـیگار در دسـتم دود می‌کنـد. روی کاغـذِ کاهـی روی میـز خاموشـش می‌کنم.

مـادرِ دکتـر بـا همان روسـری نارنجـی و پیراهـن نازکش که تا یک وجب زیـر زانوهایـش را پوشـانده، کنار درِ بـاز ورودی سـاختمان روی یک صندلی چوبـیِ زهواردررفتـه نشسـته. پاهایـش را از هم باز کرده. سـفیدی سـاق‌های چـاق خوش‌فرمـش، در فاصلهٔ بیـن پیراهن و جـورابِ کوتاهِ ورزشـی‌ای که به پـا دارد، پیداسـت. لم داده توی صندلـی و یک‌جورِ بی‌خیال و سَبُک‌سـرانه‌ای سـیگار دود می‌کنـد، کـه هـوس می‌کنم من هـم یکـی بگیرانم. سـیگار را که گوشـهٔ لبـم می‌گذارم، بـدون اینکـه نگاهم کنـد، فندکش را جلویـم می‌گیرد. روشـن می‌کنـم و بـه عـادت معمـول آرام بـا انگشـت اشاره می‌زنـم پشت دسـتش. نزدیـک غـروب اسـت و از یکـی از مسـجدهای نزدیک صـدای اذان به‌گـوش می‌رسـد. از اینجـا حداقـل یک‌سـاعتی راه اسـت تـا به خانه برسـم. کنـار پیـرزن به دیـوار ورودی تکیه می‌دهم و هر دو در سـکوت بـه اذان گوش می‌کنیـم و سـیگار می‌کشـیم.

اسپرماتوزوئید

۱

آقـای جاویـد گوشـی را برداشـت. از صـدای زنـگ تلفـن هـم فهمیـده بـود خـودش اسـت. گفـت: «سـلام اسـپرماتوزوئید! چطـوری؟» آقـای جاویـد جـواب داد: «از کِـی بـه ایـن نـام شـریف ملقّـب شـدم؟» گفت: «از وقتـی کـه گفتـی احتمـالاً عقیمـی، ایـن اسـم رو بـرات انتخـاب کـردم. خیلی بهت میـاد.» آقـای جاویـد گوشـی را قطع کرد و هرچـه دوبـاره زنگ زد، برنداشت.

ارثـی نمی‌توانسـت باشـد؛ پـدرش در شهرسـتان هشت بچـه درست کـرده بـود و هـر هشـت تـا پسـر. با خـودش فکـر کـرد شـاید از این هـوای کوفتـی تهـران اسـت، احتمـالاً بـه او نمی‌سـازد. بیخود نیسـت که همیشـه در سـفر اسـت و بیشـتر اوقـات هم بـاکو؛ جایی بی‌شـباهت به شـهری که در آن زندگـی می‌کنـد، امـا زبـانِ مردمانـش را می‌فهمد.

۲

آقـای جاویـد دوبـاره عاشـق شـده بـود. امـا این‌بـار با همیشـه فـرق می‌کرد؛ این‌بـار می‌خواسـت ازدواج کنـد. نمی‌دانسـت چـرا. شـاید به‌همـان دلیلـی

که نمی‌خواست با قبلی‌ها ازدواج کند. هروقت به ازدواج با افسانه فکر می‌کرد، خودش را با دختر و پسری خردسال و همسری همیشه‌درسفر، تنها می‌دید و تصمیم می‌گرفت از خیر ازدواج با او بگذرد. اما همین‌که دوباره می‌دیدش و چشمش در چشم‌هایش می‌افتاد، فکر می‌کرد حتماً باید با او ازدواج کند و اصلاً مهم نیست اگر در میان‌سالی مجبور شود هر هفته با یک ماشین جیپ - که ماشین موردعلاقهٔ افسانه است - و دو کودک خردسال راه تهران تا تنکابن را طی کند تا با او که در خانهٔ ویلایی پدرش مشغول نوشتن جدیدترین داستانش است، تعطیلاتِ آخر هفته را بگذرانند و وقتی افسانه با بچه‌ها دور استخر وسط باغ می‌دود و آب‌بازی می‌کند، مثل یک شوهر آداب‌دان و حساس، با اجازهٔ او، بخش‌های تازه‌نوشته‌شده را از کنار لپ‌تاپ و پرینتر قدیمی روی میز و تهسیگاری که هنوز در جاسیگاری دود می‌کند، بردارد و بخواند و جمعه‌شب درحالی‌که بچه‌ها با چشم‌های اشک‌آلود روی صندلی عقب در خواب‌اند، تنها به‌سمت تهران براند و آدامس بجود تا خوابش نبرد و به این فکر کند که این داستان لعنتی حالاحالاها تمام‌بشو نیست. با تمام این افکار و تصورات، باز می‌خواست با او ازدواج کند.

۳

جلوی میزِ اورولوژیست نشسته بود. دکتر که سرش حسابی شلوغ بود، در اتاقی دیگر به مریضِ دیگری می‌رسید. مشکلش را قبل از اینکه برود سراغ دیگر مریض شرح داده بود و دکتر وقتی آمد، بدون معطلی رفت سرِ اصل مطلب. گفت اول باید سونوگرافی بدهد. دکتر هنوز معاینه‌اش نکرده بود و این جای شکر داشت چون آن روز اصلاً آمادگی لخت‌شدن

جلـوی یـک مـرد را نداشـت. دکتـر گفـت فکـر می‌کنـد تـوده‌ای کـه او کنار بیضـهٔ چپش احسـاس می‌کند، واریکوسـل باشـد. برایـش کامـلاً گیج‌کننده بـود کـه دکتـر بـدون معاینـه و فقـط از روی شـرحِ آن تـودهٔ نرمی کـه او چند ماهـی اسـت کشفش کـرده، چطور توانسـته بـه این سـرعت بیماری‌اش را حـدس بزنـد. دکتـر گفـت اگـر تشـخیصش درسـت باشـد، او بایـد هرچه زودتـر ازدواج کنـد، چـون ممکـن اسـت شـانس بچه‌دارشـدن را از دسـت بدهـد. خنـده‌اش گرفـت. یاد شـبی افتاد کـه تنهـا در آپارتمـان کوچکش در یکـی از مجتمع‌هـای قدیمـی شـهر کـه تنهـا یـک اتـاق دارد که هم نشـیمن اسـت، هـم خـواب و هـم پذیرایـی بـا دست‌شـویی، آشـپزخانهٔ دو در سـه و حمامـی کـه فقـط بـه انـدازهٔ دوش جـا دارد، تا صبح سـیگار پشـت سـیگار کشـیده بـود و کانال‌هـای ماهـواره را عـوض کـرده بـود، فقـط بـه ایـن دلیـل کـه دختـری کـه آن روزهـا دوسـتش بـود فکـر می‌کـرد بـاردار شـده اسـت و می‌ترسـید بـرای آزمایـش بـرود و بعـد از یـک بحـث طولانیِ چنـدروزه و روزی چندسـاعت کـه بالاخـره قانـع شـد آزمایش بدهـد، فهمیدنـد دلیـل دلواپسـی دختـر نارسـایی کوچکی در عـادت ماهانه بـوده و ربطی بـه بـارداری نداشـته اسـت. آقـای جاویـد همـان روز بـرای همیشـه دور دختـر را خـط کشـید و دیگـر او را ندیـد، امـا هنـوز تلفنـی بـا هـم ارتبـاط دارنـد و چه خبطـی کـرد وقتـی قضیهٔ واریکوسـل را برایـش تعریـف کـرد، و حالا شـده اسـت آقـای اسپرماتوزوئید.

دکتـر عریضـه‌ای نوشـت بـرای سـونوگرافی و گفـت متأسـفانه همهٔ دکترهـای متخصـص سـونوگرافی خوبـی کـه او می‌شناسـد خانم‌انـد و نمی‌دانـد ایـن کار را قبـول می‌کننـد یا نـه. امـا خیلـی مهم اسـت کـه جای مطمئنـی بـرود. آقـای جاویـد فردایـش به یکـی از سـونوگرافی‌های آشـنایِ دکتـر رفت. از شانسـش آن روز سـونوگرافی تعطیل بود؛ از شـانسِ خوبش،

زیـرا وقتـی روز بعد قبـل از رفتن تماس گرفـت و درخواسـتش را عنوان کرد، خانـم منشـی مثـل آنکـه درخواسـت بی‌ادبانـه‌ای ازش شـده باشـد، بـدونِ معطلـی یـک نـه گفـت و خـلاص. فکر کرد مثـل اینکه باید طلسـم شکسـته شـود و بـرای اولیـن بـار جلـوی یـک مـرد لخـت شـود. پس بـه بیمارستان معتبـری رفـت بـرای سـونوگرافی.

۴

آنجـا هـم یـک خانـم منشـی پشـت میز نشسـته بـود. آقـای جاوید پرسـید: «ببخشـید شـما متخصـص سـونوگرافی مـرد هـم داریـد؟» زن نیشـش تـا بناگـوش بـاز شـد و گفـت فقـط مـرد دارنـد؛ گویا متخصصـان سـونوگرافی مـرد، کارِ بیمـارانِ زن را بـا کمـال میـل انجـام می‌دهنـد. خانم منشـی، زنی بـود سـی و پنـج شـش سـاله، احتمـالاً متأهـل بـا آرایشـی غلیـظ و کفل‌هایی کـه نامتناسـب بـا دیگر اعضـای بدنش بـزرگ بودنـد. کفل‌هـای زن را وقتی دیـد کـه از پشـت میزش بلند شـد تا بـرود و بپرسـد کـه دکتر کِی تشـریف می‌آورنـد. انـدام زنـان به‌نظرش شگفت‌انگیزترین و زیباترین خلقت خداسـت. در مـورد انـدام زنانی کـه بـا آن‌ها ارتباط دارد، سـخت‌گیر اسـت. چنـد سـال پیـش بـا دختری دوسـت بـود. وقتی دختر بـرای مدت چنـد ماه بـه مسـافرت رفـت، آن‌قـدر دلشـان بـرای هم تنـگ شـد کـه در تماس‌های تلفنی قـرار گذاشـتند وقتی از سـفر بازگشـت، ازدواج کنند. اما وقتی از سـفر آمـد، انگار بـه‌کل آدم دیگری شـده بود. آب‌وهـوای فرنگ حسـابی به دختر سـاخته بـود و به‌طـرز عجیبـی چاق شـده بـود. آقـای جاویـد هـم از ازدواج بـا او منصرف شـد.

آقـای جاویـد، سـازندهٔ تیزرهـایِ تبلیغاتـیِ تلویزیونی اسـت و تیزرهایش

معمـولاً از شـبکه‌های اسـتانی و برون‌مرزی پخش می‌شـوند و بـه همین دلیل دسـتش در انتخـاب سـوژه آزادتـر اسـت. دختـرهایی کـه بـا آن‌ها رابطه داشـته اسـت نیـز همگی به‌نوعـی بـه کارش مربـوط بوده‌اند؛ دختـرانی بـا چهـره‌هایی شـهوت‌انگیز و رفتارهایـی تحریک‌آمیـز؛ دختـرانی کـه حاضـر می‌شـدند در تیـزری تبلیغاتـی یـک چنـدکاره را بـا نگاهی عاشـقانه همچـون محبوب‌ترین معشـوق زندگی‌شـان در آغـوش گرفتـه و نـام تجاری‌اش را طـوری بگوینـد کـه انگار از لبانشـان نقـل و شـکر می‌ریـزد. امـا این یکی، افسـانه، بـا بقیه فـرق می‌کـرد. در سـفر آخـرش بـه باکـو با او آشـنا شـده بـود. رفته بـود برای عکاسـی از پیکـر برهنۀ زنـان کـه یکـی از دل‌مشـغولی‌های همیشـگی‌اش اسـت. طرح‌هـای زیـادی بـرای آن عکس‌هـا داشـت، همان‌طـور کـه بـرای سـاخت تیزرهـای تبلیغاتـی دربارۀ وسـایل زنانـه دارد؛ از کیـف و کفـش و شـال گرفتـه تا لبـاس زیر و نوار بهداشـتی. مثـلاً طرحـش بـرای تبلیـغ نوعی کفـش زنانه چنیـن اسـت: مـاری بـه نرمـی روی شـن‌های درون محفظـه‌ای شیشـه‌ای می‌خـزد. سـپس کفـش زنانـه‌ای روی شـن‌ها قـرار می‌گیـرد. مـار به‌سـمت کفـش رفتـه، دور آن می‌پیچـد و بـا کفـش یکـی می‌شـود و در آخر بـرق چشـم‌های مـار و نـام محصـول. خلاصـه ذهـن آقـای جاوید پر اسـت از ایده‌هـا و طرح‌هایـی کـه همگـی به‌نوعـی از زنـان الهـام گرفتـه شـده‌اند.

خانـم منشـی کفل‌هایـش را کمـی روی صندلـی جابه‌جـا کـرد و گفت دکتـر یـک سـاعت دیگـر می‌آیـد و اگـر بخواهـد می‌توانـد در سـالن انتظار منتظـر بمانـد. پـس از حـدود دو سـاعت مردی میان‌سـال بـا روپوش سـفید، تـه‌ریش و سـبیل جوگندمـی، آقـای جاویـد را بـه اتـاق سـونوگرافی راهنمایی کـرد. وظیفـۀ مـرد آماده‌کـردن بیمـار بـود و این فرآینـدِ آماده‌سـازی شـامل این بـود کـه بـه بیمـار بگویـد شـلوارت را دربیـاور و بعـد بگویـد شـورتت را هم دربیـاور. آقـای جاویـد فکـر کرد، طلسـم شکسـته شـد و بـا یـک عذرخواهی

کوچک، بی‌آنکه بداند چرا عذرخواهی می‌کند، لخت شد. چون آن آقای سبیلو که با چشم‌های هیزش زل زده بود به او، باید عذرخواهی می‌کرد. پارچهٔ سفیدی را که مرد در دست داشت گرفت و دور خود پیچید. مرد که در تمام این مدت سعی می‌کرد صمیمی و خودمانی رفتار کند، انگار از چشم‌های آقای جاوید خجالت کشیده باشد، گفت: «این هم کار ماست دیگه، آقا!» آقای جاوید که از نوع حرکات مرد حدس زده بود باید هم‌ولایتی‌اش باشد، می‌خواست به زبان محلی سربه‌سرش بگذارد، اما پشیمان شد. درحالی‌که سرِ آلتش را با دستمالی که در دستِ چپ داشت بالا گرفته بود، دراز کشید.

از تنهایی و سکوت استفاده کرد و چشم‌هایش را برهم گذاشت. بچه می‌خواست چه کند. اگر عاشق نشده بود و اگر تصمیم نگرفته بود ازدواج کند، اصلاً اهمیتی نداشت که بچه‌دار می‌شود یا نه. آن‌هم بچه‌هایی که از همین حالا می‌دانست وبالِ گردن خودش خواهند بود. یاد یکی از دوستان برادرش افتاد که همسرش پنج سال بچه‌دار نمی‌شد و در عرض سه سال، هر سال باردار شد. از قضا دیگر هیچ‌کدام از راه‌های پیشگیری یا جوابگو نبود یا برای زن خطرناک بود و این زوج خوشبخت که نمی‌خواستند لذت ارتباط مستقیم و بی‌واسطه را هم از دست بدهند، تصمیم گرفته بودند که آقا وازکتومی کند. اما آقا که شنیده بود این عمل احتمال ابتلا به سرطان پروستات را افزایش می‌دهد، زیرِ بار نمی‌رفت و یک شب که در آپارتمان محقر آقای جاوید مهمان بودند تا نیمه‌های شب بحثشان این بود که چطور این مشکل را حل کنند. آقای جاوید آن شب تا صبح در خیابان‌های مجتمع راه رفت و سیگار کشید. تماسِ مایع سردِ لزجِ مالیده‌شده روی دستگاهِ دکتر با اندام آقای جاوید باعث شد چشمش را باز کند.

دکتر مردی بود حدود چهل و پنج ساله با صورتِ گردِ تمام‌تراشیده و

موهـای کوتـاه و صاف و مرتب و چهـرهای آرام، دلنشیـن و دوستداشتنی، و همانطـور که دسـتگاهی را که بیشباهت بـه یک ماوسِ کوچـک نبود روی انـدام آقـای جاویـد جابهجـا میکرد، خیره شـده بود بـه مانیتـور روبهرویش و گاهگاه صدایـی مثـل کلیککـردن ماوس میآمد و عکسـی گرفته میشـد. دکتر در اولین جمله پرسید چند سـال دارد؟ جواب داد دو سـه سـالی است که سـی را رد کرده است.

«ازدواج کردید؟»

«نه هنوز.»

«دارد دیـر میشـود. کمکم به فکر باشـید. اگـر خیلی دیـر ازدواج کنیـد، احتمالـش هسـت اولین قسـم بچههایتان بـه ارواح خاک پدرم باشـد.»

اول خنـدهاش گرفـت، بعد هول برش داشـت. پرسـید خطرناک اسـت، آقـای دکتـر؟ دکتـر جواب داد تشـخیصش بـا متخصص اسـت، اما حدس میزند واریکوسـل باشـد. بعـد با نگاهی به چشـمهای آقـای جاوید فهمید کـه بهتر اسـت توضیح دهـد. گفت این بیمـاری شبیه واریس پاسـت، یعنی سـیاهرگها بـه درسـتی خـون را منتقـل نمیکننـد و متـورم میشـوند. خون راهـش را از رگهـای دیگـر پیـدا میکنـد و ایـن بیمـاری خطـر آنچنانی نـدارد. فقـط وجـود ایـن تـودهٔ وریـدی در کنـار بیضـه باعـث گرمشدن آن و ازبینرفتـن اسپرمها در طولانیمـدت میشـود. و بعـد ادامـه داد: «راه علاجـش در مـواردی کـه شـدید باشـد، مثـل مـورد شـما، یک عمل سـادهٔ جراحـی اسـت. امـا بههرحـال بهتـر اسـت سـریعتر ازدواج کنیـد.» و چند بـار بهطور پیوسـته دسـتگاه را بـالا و پاییـن بـرد طوریکه نفس آقـای جاوید بنـد آمـد. چنـد عکـس دیگـر گرفـت و تمـام. آقـایِ آمادهسـازِ بیمـاران باز موقع خروج پیدایش شـد؛ انعام میخواسـت. آقـای جاوید گفت: «بابت لختکردنـم، یـک چیزی هـم بایـد بـدم؟» امـا داد.

۵

وقتـی دکتـر اورولوژیسـت گفت باید یک آزمایـش دیگر هم بدهـد، فکر کرد گـورِ پـدرِ عشـق و بچـه و زندگی، فـردا می‌کوبد می‌رود باکو، مسـت می‌کند و بـا دخترهای باکویـی می‌رقصد و اجازه می‌دهد تمـام پولی را کـه از سـاخت تیـزرِ آخرش مانـده، از چنگش درآورنـد و همهٔ این قضایـا را فراموش می‌کنـد. امـا فکـر باکـو او را دوبـاره مستقیم بـه افسـانه رسـاند کـه آنجـا کنار پنجرهٔ قـديِ رو بـه بـاغِ لابی هتل پشـت لپ‌تاپش نشسـته، سـیگار می‌کشـد و تایـپ می‌کنـد و نـور آفتـاب از میـان تورهای پرده از رویِ گیسـوان سـیاهش منعکس می‌شـود و انگشـتانش به‌وضـوح می‌لرزنـد وقتـی کـه دسـتش را بـا سـیگار بـرای لحظـه‌ای از روی صفحـه کلید جـدا می‌کند. و آه از نهـاد آقای جاویـد بلنـد شـد؛ باید ایـن آزمایـش اسپرموگرامِ لعنتی را هـم می‌داد.

۶

بخش آزمایشـگاه بیمارسـتان کامـلاً از بخش‌های دیگر مجزاسـت. برعکس خـود بیمارسـتان، سـاختمانی اسـت قدیمی، آن‌سـوی حیـاط، در دوطبقه با نمایـی از سـیمانِ سـفید کـه دیگـر هـم آن‌قدر سـفید نیسـت و پنجره‌هایی با شیشـه‌هایی ترک‌خـورده و کثیـف، دیوارهایـی قطـور بـا گچ‌هـای طبله‌کرده، سـقف‌های کوتـاه و راهرویـی باریـک کـه درهای متعدد اتاق‌هایـی کوچک بـه آن بـاز می‌شـود و حال‌وهـوای فیلم‌هـای روشنفکریِ شـهریِ دهه‌های چهـل و پنجـاه را بـه یادش مـی‌آورد. خانـم مسئولِ اتـاقِ نمونه‌گیری او را بـه همـکار مـردش حوالـه داد. آقـای همـکار شـرایطِ دادنِ نمونـه را برایـش شـرح داد: «بایـد حداقـل سـه روز از آخریـن بـاری کـه از شـما چیـزی دفع شـده اسـت، گذشـته باشـد و فقط از سـاعت نه تـا یازده صبح نمونه گرفته

می‌شـود و نمی‌تـوان آن را از خانـه یـا جایـی دیگـر آورد چـون بایـد حداکثر نیـم سـاعت پـس از تهیۀ نمونـه، آزمایـش انجام شـود و محل تهیۀ نمونه هم دست‌شـویی زیر راه‌پلـه اسـت و ایـن هـم ظـرف نمونـه!» و ظـرف کوچک پلاسـتیکیِ درپوش‌داری داخـل کیسۀ نایلونی، کف دسـتش گذاشت.

آقـای جاویـد فکـر کـرد منظور آقـای همـکار از چیـزی که نبایـد در سه روزِ گذشـته از آدم دفع شـده باشـد، فقط یک چیز می‌توانـد باشـد و الّا اگر از آدم سـه روز چیزی دفع نشـده باشـد که حتماً شـاش‌بند شـده است. با این اوصـاف آن روز شـرایطِ دادن نمونـه را داشـت؛ فکر این بیمـاری خودبه‌خود باعـث شـده بـود که در چنـد روز اخیـر «چیـزی» از او دفع نشـود. خب، حـالا بایـد چـه کار می‌کـرد. تنهـا کافـی بـود بـه یـک رابطه فکر کنـد و آن رابطـه می‌توانسـت بـا هرکسـی باشـد حتی خانـم منشیِ بخشِ سـونوگرافی بـا آن کفـل بزرگـش. امـا همیـن که آمد دسـت به‌کار شـود، چهـرۀ غمگین و مرمـوز افسـانه بـا آن نگاه سـرد و چشـم‌های سیاه و جیپ و بچه‌های پشتِ آن و ویـلای شـمال و غیـره و غیـره آمد جلوی چشـمش.

ده دقیقـه بـود که در دست‌شـویی زیر راه‌پله بـود و تا حالا دوبار در زده بودنـد و هنـوز بـه هیچ‌جا نرسـیده بـود؛ حتی مقدمـات کار هم فراهم نشـده بـود... دسـتِ آخـر و پـس از کلـی تلاش یک نمونۀ ناقص داشـت؛ ظرفی کـه در انتهایـش به عمـق چند میلیمتـر در مایعی لزج اسپرم‌های لعنتی ول می‌خوردنـد. یخ کـرد. تمام تنش بی‌اراده می‌لرزید. عصبانی شـد. لباسـش را مرتب کـرد. ظـرف را بـا لـج در سـطل آشـغال انداخـت و درحالی‌که به خـودش، دکتر، افسـانه، بچه‌ها و نویسـندۀ این داسـتان فحش می‌داد، از در بیمارسـتان خارج شـد. بـاز به فکر نوشـخانه‌ها و زن‌های باکو افتـاد، اما نویسـنده بـا کمـال آرامـش از آنجـا مسـتقیم پرتـش کرد بـه خاطرۀ افسـانه و لپ‌تاپـش در کنـار پنجـرۀ قـدیِ لابیِ هتـل در یـک روز آفتابی.

فایـده نداشـت. مستأصل شـده بـود. بـه خانـه رفـت. آشپزخانه پر بـود از ظرف‌هـای نشُستهٔ ایـن چنـد روز و سوسک‌ها و مورچه‌ها جشـن گرفتـه بودنـد. در اتـاق، تشـک همان‌طور پهـن بـود؛ نامرتـب. کامپیوتـر با دل‌ورودهٔ درآمـده، و انـواع و اقسـام فیلم‌هـا و سـی‌دی‌ها پخش‌وپـلا، و مجـلات تبلیغاتـی کنـار بالشـت. حتی چـراغ را هم روشـن نکـرد. اتاق در شـمالی‌ترین بخـش بلـوک سـاختمانی مجتمع اسـت؛ بدون پنجـره، و حتی در روز هـم بایـد چـراغ روشـن کـرد. بـا لبـاس افتـاد روی تشـک و خیلـی زود خوابـش بـرد. وقتـی بیـدار شـد، همه‌جـا تاریـک بـود و هرازچندگاه صـدای ماشـینی که بـا سـرعت از اتوبان پشـتِ بلوک می‌گذشـت، سـکوت را می‌شکسـت. دکمهٔ چـراغِ سـاعتِ رومیـزیِ دیجیتالِ کوچک را فشـار داد؛ سـاعت ۲۲:۲۰ را نشـان می‌داد. از گرسـنگی دلش ضعف رفت. بلند شـد. درِ یخچـال فکسـنی را بـاز کـرد؛ تخم‌مرغ‌هـا هـم تمام شـده بـود. این چند روز هرچـه داشـت، خـورده بـود و بایـد بـرای خریـد بیـرون می‌رفت.

تمـام مغازه‌هـای مجتمـع بسـته بودنـد. راه زیـادی رفـت تـا مغازهٔ بازی پیـدا کـرد. وارد مغازه شـد. پسـربچهٔ هفـت هشت‌سـاله‌ای هم داخـل مغازه بـود کـه قیافـه‌اش آشـنا بـود، امـا نمی‌دانسـت او را کجـا دیـده اسـت. پنـج تـا تخم‌مـرغ خریـد و سوسـیس بـا خیارشـور، سـس گوجه‌فرنگـی، چیپس، ماسـت موسـیر و نوشـابه و راه افتـاد به‌سـمت مجتمـع. چیـزی نرفتـه بود که متوجـه شـد پسـرک از یک‌جـای مسـیر همـراه او شـده و پابه‌پـای او می‌دود و می‌آیـد؛ آقـای جاویـد معمـولاً خیلـی تنـد راه می‌رود. وقتـی سـر راهشـان بـه مـرد ژولیـده‌ای کـه در حـال جسـت‌وجویِ درون آشـغال‌ها بـود، نزدیک شـدند و پسـرک بـه آقـای جاویـد نزدیک‌تر شـد، آقـای جاویـد قدم‌هایش را آهسـته‌تر کـرد تـا برسـد و ناخـودآگاه دسـتش را دراز کـرد تا پسـر دسـتش را بگیـرد. ضربـان قلـب پسُـربچه را کـه از اضطـراب تنـدتر می‌زد زیر پوسـتِ

دستِ کوچکش احساس کرد و دست پسر را محکم‌تر گرفت. پسر تا روبه‌روی بلوک همراهش آمد و دستش را رها نکرد. وقتی به بلوکِ آپارتمان آقای جاوید رسیدند و آقای جاوید دستش را رها کرد، پسر ایستاد و گفت: «اینجا محلهٔ خوبیه از نظر دسترسی.» آقای جاوید که منظورش را نفهمیده بود، هاج‌وواج نگاهش کرد. پسر ادامه داد: «آخه مجبور شُدید کلی راه برید برای گرفتن چند تا تخم‌مرغ و سوسیس. موقع‌های دیگه این طور نیست؛ مغازه‌های داخل مجتمع همه‌چیز دارند.» آقای جاوید به دست‌های خالی پسرک نگاه کرد و پرسید: «تو چیز خاصی می‌خواستی؟» پسرک دست کرد زیرِ تیشرتی که روی شلوارش انداخته بود و پاکت سیگاری درآورد. گفت برای پدرش گرفته است. گفت شب‌هایی که پدرش سیگار نداشته باشد و حوصلهٔ بیرون‌رفتن و خریدنش را هم نداشته باشد، عصبی می‌شود و شروع می‌کند به پاچه‌گیری. زنی که آن‌سوی محوطه کنار راه‌پله‌های بلوکِ روبه‌رو ایستاده بود، پسر را صدا زد. پسر گفت: «مادرمه!» و خداحافظی کرد و رفت. پس از رفتن پسر بچه، آقای جاوید به آپارتمانش رفت. در آشپزخانه، تابه را شست تا نیمرو درست کند. همان‌طور که تخم‌مرغ‌ها در روغن جلزوولز می‌کردند، فکرکرد که باید حداقل سه روز صبرکند.

ضراب‌خانه

نـور بنفش‌آبـیِ گرگ‌ومیشِ غـروبِ گرم اواخر خـرداد از درِ دولنگـهٔ نیمه‌باز و پنجره‌هـای قدی مشـرف به تـراسِ رو به باغ افتاده بود توی نشـیمن. پشـمک جلـوی پنجره، تـوی تـراس رژه می‌رفت. کش‌وقـوس می‌آمـد. می‌دانسـت بـا اینکـه در بـاز اسـت، حـق نـدارد وارد اتاق شـود. خـودش را می‌چسـباند بـه شیشـه. بـا نـازواادای جان‌سـوزی میومیـو می‌کـرد. ناامیـد کـه شـد، رفت آن‌طـرف، رو بـه باغ نشسـت. خیره شـد بـه آسـمان؛ انگار رفت در فکر.

تقریباً هـر چیز را کـه مربوط بـه خـودش بـود، کُپه کـرده بـود در تراس؛ کاناپـهٔ قدیمیِ رنگ‌ورورفتـه بـا روکـش نخ‌نماشـدهٔ قرمـز و گل‌هـای رنگی کـه محـل نشسـتنش بـود روبـه‌روی تلویزیـون، قفسـهٔ کتاب چـوبِ گردو، تمـام لباس‌هـا را از کمـد درآورده بـود و ریختـه بـود روی کاناپـه. چند جفت کفـش. عینک‌هـا. تختِ یک‌نفـره‌ای را کـه از وقتـی اتاقشـان جدا شـده بود روی آن می‌خوابیـد، زورش نرسـید بیـاورد، امـا تشـک و لحاف و بالشـت‌ها و ملافه‌هـا را آورد. صندلیِ حصیری‌اش هـم کـه در تـراس بود.

نشسـت روی یکـی از صندلی‌هـای دورِ میـزِ هشـت‌نفرهٔ سـالن. چقـدر چیزهایـی کـه در آن خانـه داشـت، کـم بـود. اگـر آن هـزار جلـد کتـاب و

آرشیوهای مجلاتـش را هدیـه نکـرده بـود بـه کتابخانه‌هـا، امـروز بـه کارش می‌آمدنـد. از لَجَـش کتاب‌هـای چـاپ افسـتِ کاهـیِ پُربـرگِ خاک‌گرفتهٔ آموزشـگاه زبـان زنش را هـم آورد. زنـش این‌هـا را دیگـر لازم نداشـت، امـا امشـب بـه کار او می‌آمـد. گذاشتشـان زیـر کاناپـه کـه جلوی چشـمش نباشـند. در آینهٔ قـدیِ کنارِ ورودی اتـاق خـواب، نـوری افتـاده بـود روی پیشـانی‌اش. قطره‌هـای عـرق، از زیـر موهـای پرپشـتِ جوگندمی‌اش که بـا کـش بسـته بـود، بـرق می‌زد. دسـت کشـید به سـبیل بلندش که آبخـورش از کشـیدن سـیگار زرد شـده بـود و ریـش بلنـدی کـه ریشـه‌هایش خیـس عـرق بـود. فکـر کـرد چه ایمـاژی خواهد شـد وقتی بـا ایـن پشـم‌وپیل، هزارواندی صفحهٔ دسـت‌نویس کتابـش را بـا هشـتصد صفحهٔ حروفچینی‌شـدهٔ آن، در بغـل بگیـرد و لخت‌وعـور بنشـیند روی کُپـه‌ای کـه درسـت کـرده اسـت.

روی میـزِ غذاخـوری چیزهایـی را کـه فکـر می‌کـرد نبایـد بیـرون ببـرد، روی هـم سـتون کرده بـود؛ قـرآن و مفاتیـح و نهج‌البلاغه و حافـظ و مثنوی. انـگار دوبـاره برگشـته بـود اول خـط. یـک عمـر آن‌همه کتـاب خوانـد کـه از این‌هـا فـرار کنـد و دسـت آخـر موقـع ردکـردن کتاب‌هـا و مجله‌هـا فقـط همین‌هـا را نگـه داشـته بـود. کنـار کتاب‌هـا، جانمـاز کوچکـش بـود و چند مُهـر و عکس‌هـای سیاه‌وسـفیدی بـا گوشـه‌های پوسـیده کـه هنـوز شـک داشـت آن‌هـا را هـم بـه کُپـه اضافـه کند یـا نه.

در حیـاط خانهٔ درّوس، مادرش منیرسـادات به اصـرار آقاجلال، پدرش، کمـی چـادر سـفیدش را بـاز کرده کـه گِـردی صورت پیـدا باشـد. آقاجلال، بـا ریـش تمام‌تراشـیده و کت‌وشـلوار و کـراوات ایسـتاده، همان‌طـور کـه صبح‌هـای زود می‌رفـت بانـک. مـرد خوش‌تیپـی اسـت. وصلهٔ ناجـوری اسـت در عکـس. انـگار عکـس یکـی از هنرپیشـه‌های هالیـوودی را از جایـی بریـده و چسـبانده باشـی وسـط عکـس یـک خانـوادهٔ تهرانـیِ اوایـل

دهـهٔ چهـل. اسعد و احمـد ده ساله‌اند. یکی این‌سو ایستاده کنار مادر و دیگـری آن‌سو، کنـار پـدر. یکـی خیره شـده بـه دوربیـن و آن یکی بـه بیرون قاب. زهـره هـم بین پـدر و مـادر ایسـتاده. هفت‌سـاله اسـت. چادرش را کج‌وکولـه انداختـه سرش. مـردد مانده بـه حرف مـادر گوش کنـد و چادر را سـفت بگیـرد یـا بـه حرف پـدر و آن را بیندازد کنـار. مثل اسعد بـه دوربین نـگاه کنـد یـا مثل احمـد خیـره شـود بـه افـق. رو بـه بیرونِ قاب دارد، اما زیرچشـمی دوربیـن را نگاه می‌کنـد. بیـن منیرسـادات و آقاجـلال یـک قدم فاصلـه اسـت و هیچ‌کـس لبخنـد نمی‌زنـد.

اخـتـلاف برادرهـا بـا هـم از همان‌جا در زهدانِ مادر شـروع شـد. اسـعد بـا سـر در دهانـهٔ رحم منتظر بـود تا زودتـر بیایـد و احمـد بی‌اعتنا بـه جاذبه، در راسـتای افـق، شـکم منیـر را پهـن کـرده بـود؛ نمی‌خواسـت از مـادرش جـدا شـود. بـه دنیا کـه آمدنـد، اسـعد راحـت در تختـی مجـزا می‌خوابیـد و احمـد تـا سـاعت‌ها خـود را بـه منیر نمی‌چسـباند، خـواب به چشـمانش نمی‌آمـد. منیـر و جـلال کاری بـه کار هـم نداشـتند. هـر روز بیشـتر از هـم دور می‌شـدند. اسـعد، سـهم پـدر شـد و احمد، سـهم مـادر. زهـره، بچه‌ای ناخواسـته امـا حسـابی خواسـتنی بـود با چشـم‌های سـبز و موهای روشـن. ایـن عکـس، آخرین عکسـی بـود کـه پنج‌تایی انداختـه بودند.

بلنـد شـد. رفـت آشـپزخانه. فـروغ، زنـش، هنوز داشـت بـه دکترها بَدوبیـراه می‌گفـت:

«...دکتـرهٔ میمـون! نـوار رو که دید گفت قلبت مشـکل اساسـی داره، اِکو کـن! احتمـالاً بایـد آنژیو کنـی. گفتم این آقـای مولر گفت چیزی‌ت نیسـت. دیـد خیط کـرده، نمی‌تونسـت بگـه این دکتر خارجیه کـه این‌همه پزشـک رو می‌دیـم، حـرف مفـت زده. خواسـت کـم نیـاره، گفـت حـالا شـایدم چیزی نباشـه، امـا این عکـس و آزمایش‌هـا رو بگیـر. همه‌ش هم الکـی. هیچ‌کاری

نکـردم. حالـم هـم خوبـه. بـرای خودشـون کار درسـت می‌کنن، بوزینه‌ها! حـالا ایـن بوزینه‌بازی‌هـا رو درمیـارن، ای‌کاش حالـش رو می‌بـردن. هـی پـول رو پـول مـی‌ذارن، دلار می‌کنـن، می‌فرسـتن اونور آب، بچه‌هاشـون براشـون خـرج کنن. اینم عاقبـت بوزینه‌بازیـه دیگـه؛ خرحمالی!»

یکـی از مسـافرها چیـزی گفـت امـا صدایـش واضح نبـود. فـروغ تکان می‌خـورد. گوشـی روی دامنـش جابه‌جا می‌شـد. گاهـی صدا بهتر می‌شـد، گاهـی بدتر. اسـعد، کاسـهٔ آب‌دوغ‌خیار را که حسـابی جاافتاده بـود و نان‌ها درونـش لـه شـده بـود، برداشـت. خواسـت بـه تـراس بـرود کـه یاد پشـمک افتـاد. از فریـزر کیسـهٔ کوچکِ ته‌مانده‌های مرغِ چندشـب پیـش را درآورد و گذاشـت داخـل ماکروویـو تـا یخش باز شـود. سـه دقیقه.

راننـده گفـت: «حالا همه‌شـونم کـه این‌جور نیسـتن.» حتماً راننـده بود. صدایـش از بقیـه واضح‌تـر می‌آمـد. فـروغ از وقتـی چـاق شـده و زانوهایش مشـکل پیـدا کـرده بـود، همیشـه جلـو، کنـار راننـده می‌نشسـت. می‌گفت صندلـی عقـب، اگـر مـردی کنارش بنشـیند، هیچ‌کاری هم که به او نداشـته باشـد، همیـن کـه پایش بمالـد بـه رانـش، مورمـورش می‌شـود. می‌گفت اسـعد بـا او کاری کـرده کـه از هرچـی مرد اسـت، بیزار شـده.

«...همیـن چنـد وقـت پیـش یکـی از همکارهای مـا تصادف بـدی کرد. دیگـه آدم نبـود. امـا یکـی از همین دکترهـا درسـتش کـرد. البته هنوز مشکل داره، اما حداقـل آدمه!»

فروغ گفت: «چقدر ازش گرفت؟»

«والّا من که دقیق نمی‌دونم، اما بیست میلیونی شد.»

«بیـا! همیـن رو می‌گم. کارِت که بهشـون بیفته، زندگـی‌ت رو باید بذاری تـا جونـت رو نجـات بـدی. پزشـکی تو ایرون شـده بیزینـس! هیچ‌جـای دنیا این‌طـور نیسـت. هیچ‌جا!»

اسـعد بلنـد از تـوی آشـپزخانه داد زد: «مگـه تو همه‌جای دنیـا رو دیدی، همـه‌ش زرزر می‌کنـی. هیچ‌جـای دنیـا این‌طور نیسـت! همـهٔ دکترهـا رو بـا آقـاداداش قرمپـوفِ خـودش یکـی می‌کنـه.» سـه دقیقـه شـد. تـا پا تـوی تـراس گذاشـت، پشـمک مثل بـرق دویـد طرفـش. نشسـت روی صندلیِ حصیـری. کاسـهٔ آب‌دوغ‌خیـار را گذاشـت روی زمین کنار پایش تا نایلون مـرغ را بـاز کنـد. پشـمک صبـر نداشـت. جسـت زد، پـوزه‌اش را کـرد تـوی آب‌دوغ‌خیـار، شـروع کـرد به لیس‌زدن. اسـعد، نایلـون را بـا طمأنینـه بـاز کـرد، تکـه‌ای برایـش انداخت. گربـه از خیـر آب‌دوغ‌خیـار گذشـت و رفت سـراغ گوشـت. اسـعد کاسـه را برداشـت و شـروع کرد بـه خوردن. پشـمک افتـاده بـود بـه جـان گوشـت‌های مـرغ مانـده بـه اسـتخوان‌ها. همان‌طور کـه گوشـت را بـه نیش می‌کشـید، گاهـی با چشـم‌های مثل تیله‌اش زُل‌زُل نگاهـش می‌کـرد. طوری که اسـعد دلـش می‌خواسـت بچلانـدش. تند تکهٔ دیگـری برایـش انداخـت. پشـت گربـه را ناز می‌کـرد و قاشـقی آب‌دوغ‌خیار به دهـان خـودش می‌گذاشـت.

۲

عباسـی بعـد از سـه مـاه بگیروببنـد، زنـگ زده بـود کـه امـروز دارد تخلیه می‌کنـد. فـروغ گیـر داد همیـن امشـب برونـد چـک را بدهنـد و کلیـد را بگیرنـد. به عباسـی گفتـه بـود تا هشـت می‌رسـند. «زرِ مفت. با این ترافیک بزرگراه‌هـا؟» سـاعتِ هشـت، اولیـن بـار کـه زنگ زد، تازه رسـیده بـود میدان صنعت. می‌خواسـت سـواری‌های ضراب‌خانه را سـوار شـود. ماشـین پر نشـده بـود. سروصـدای بـوق ماشـین‌ها و راننده‌هـا می‌آمـد. بیرون ایسـتاده بـود، بـا آن زانوهایـش. حـالا تا یـک هفته موقع نشسـتن و بلندشـدن جوری

ناله خواهد کرد که اسعد بفهمد زانوهایش از روزی که تنها رفته تهران درد می‌کند. موقعِ ناله‌کردن هم حتماً زُل خواهد زد توی چشم‌هایش که به او بفهماند تقصیر اوست. که عذاب وجدان بگیرد. گفت از هر کسی که رد می‌شود، می‌پرسد که نمی‌خواهد به ضراب‌خانه برود. گفت دو نفر را تور کرده، یکی می‌خواسته برود سیدخندان، یکی هم بیمارستان میلاد. خسیس‌ها حاضر نشده بودند نفری پانصد تومان اضافه بدهند و منتظر مسافر چهارم نمانند. گفت شمارهٔ عباسی را گذاشته کنار تلفن. «بهش زنگ بزن، بگو نره. من تا ساعت نه می‌رسم.» و بدون خداحافظی قطع کرد.

نمی‌خواست به عباسی زنگ بزند. زنگ می‌زد که چه. بعد از سه ماه دعوا و مرافعه و شکایت، مردک به‌زور داشت تخلیه می‌کرد. حالا باید بهش زنگ می‌زد، عذرخواهی. که زنش به‌جای هشت، نُه می‌رسد. اصلاً برای چه بلند شده بود، راه افتاده بود سمت تهران، آن‌وقت شب. عباسی باید می‌آمد. مگر تخلیه نکرده بود، مگر قرار نبود پولش را بگیرد. خودش می‌آمد فردیس، کلید را می‌داد، چِکش را می‌گرفت. زن می‌خواست مطمئن شود که واقعاً تخلیه کرده و «خالی نبسته باشد.» اسعد لج کرد. گفت: «حالا که این‌طوره، خودت برو. من حال ترافیکِ همت رو ندارم. تو که جای همه تصمیم می‌گیری، خَرکاری‌هاش هم پای خودت.» چیزهای دیگری هم خواست بگوید، اما فروغ معطل نکرد. لباس پوشید و زد بیرون. شاید اگر کمی بیشتر تلاش می‌کرد، می‌توانست راهش بیندازد. او هم آن روز افتاده بود روی دندهٔ لج.

شماره‌اش را گرفت. خودش را زد به خریّت. شمارهٔ عباسی را از روی برگه برایش خواند تا خودش زنگ بزند. فروغ گفت: «شارژ ندارم. فکر کردی اگه داشتم به تو می‌گفتم زنگ بزنی؟»

بیخود می‌گفت. شارژ داشت. اسعد گفت: «زنگ زدم، جواب نداد.»

گفت: «خب دوباره زنگ بزن، سه‌باره زنگ بزن! من نمی‌دونم. پیداش کن. من نرم اونجا علاف شم این موقع شب... خودت می‌دونی!»

زد به سیم آخر. گفت: «همه‌ش حرصِ پول! خونه به اون خوبیِ تو درّوس رو اجاره دادی، سرگردونمون کردی اینجا باغچهٔ آقای دکتر. گیر مستأجر انداختی‌مون. یه خرِ لندهورِ حق‌به‌جانبی مثل عباسی که باغچه‌ها رو شخم بزنه، هزار جور فسق‌وفجور راه بندازه تو محله‌ای که یه عمر با احترام زندگی کرده بودیم، همسایه‌ها زنگ بزنن شکایت. اون‌وقت برای چقدر؟ محض دوزار پولِ این آموزشگاهِ کوفتیِ داداشِ قرمساقت که نشسته ینگه دنیا حالش رو می‌بره. به‌خاطر اینکه خدانکرده آب تو دل عزیزدردونهٔ خانم تکون نخوره، بشینه با داییِ جانش به ریش من بخندند... »

فروغ خواست بگوید آن‌ها که دو هزار کیلومتر از هم فاصله دارند، چطور با هم بنشینند و به تو بخندند. خواست بگوید اما این ترکیب «خرِ لندهورِ حق‌به‌جانب» را برای عباسی خوب گفت. می‌توانست اضافه کند که در آن رمانِ چاپ‌نشده هم ترکیب‌های فحشی باحال کم ندارد. اگر این را می‌گفت که دیگر همه‌چیز حل بود و خُلق اسعد برمی‌گشت سر جایش. اما چیزی نگفت. افتاده بود روی دندهٔ لج. صداهای مبهمی از آن‌ور خط می‌آمد. گوشی را بدون خداحافظی گذاشته بود. می‌دانست این کار اسعد را عصبانی می‌کند. دست خودش نبود. حسابی از دستش عصبانی بود. اما یادش رفته بود قطع کند. گوشی، همان‌طور افتاده بود روی دامنِ مانتویش. کمی که گذشت، اسعد صدایش را شنید، داشت می‌گفت: «از هیچ‌چی شانس نیاوردم تو این زندگی. جوون‌های الان خیلی بهتر از مردهای زمانِ مان!» اسعد بلند گفت: «آره، به‌خصوص این

بچه‌ننه‌ای که تو تربیت کردی...» نمی‌شنید. می‌دانست. اما دلش خنک می‌شد. خواست گوشی را محکم بکوبد، اما نظرش عوض شد. تلفن را گذاشت روی بلندگو. شروع کرد توی سالن راه‌رفتن و به زمین‌وزمان فحش‌دادن. زن داد زد: «نمی‌خواد به مردم کمک کنی، خودش یکی رو پیدا می‌کنه ببرتش اونور. تو بیا مسافرِت رو بگیر، بریم، دیرم شده... خدایا امشب چرا هیشکی نمی‌ره ضراب‌خونه؟» صدای راننده می‌آمد که داد می‌زد: «یه نفر ضراب‌خونه. ضراب‌خونه، یه نفر!»

یکی از مسافرها، با صدای آرام و مردد مردِ شهرستانیِ چهل و چند ساله‌ای، گفت: «هنوز مسافرِ آخر قسمتش نشده. حالا باید دید کی هست اینکه می‌خواد بیاد و کِی پیداش می‌شه. من که می‌خواستم برم ماشین‌های ونک رو سوار شم. این خانم که گفت، گفتم برای من که فرقی نمی‌کنه، من می‌خوام بیمارستان میلاد پیاده شم، حالا هزار تومن با هزارویونصد تومن فرقی نداره، الکی پیاده نرم تا خطی‌های ونک. حالا یکی دیگه هم باید این‌طوری پیداش بشه. هرچی قسمت باشه همون می‌شه...»

چند لحظه سکوت شد. کسی حرفی نمی‌زد. اسعد در فکر بود. وسط سالن ایستاده بود. خشکش زده بود. زیرلب با خودش حرف می‌زد. کم‌کم داشت غروب می‌شد. سرخی از پنجره کشیده بود تا جلوی پایش. مثل تمامِ نُه ماه اخیر، از وقتی آمده بودند فردیس، از وقتی درد خفیفِ مبهمی را دائم در قفسهٔ سینه‌اش احساس می‌کرد، به تلنگری نیاز داشت که برود در فکر. خاطرات را مرور کند. زندگی‌اش را. عمری را که پشت میز ادارهٔ غلّه تلف کرده بود. انبارهای مکانیزهٔ گندم و سیلوهای عمودی خیلی ساده‌تر از آن بودند که احتیاج به یک طراح معمار داشته باشند. دلش را خوش کرده بود به چهار طرحِ محوطه‌سازی، سروسامان‌دادن جاده‌ها، آب‌های

سـطحی، شـبکهٔ فاضـلاب. چـه می‌شـد یکـی از انبارهـا بـه سـاختمان اداری احتیـاج داشـته باشـد کـه برایـش اسکچی بزنـد. چنـد شکسـتگی را حـذف کنـد یـا هوشـمندانه راهرویـی را کوتـاه کند. باقـی روزهـا بـه روزنامه‌خوانـدن و چـرت‌زدن می‌گذشـت و اگر همکارهـای پرچانه‌اش کـه بیشـتر در اداره مشـغول دلالـیِ خانـه و خـودرو بودنـد، می‌گذاشـتند تمرکـزی داشـته باشـد، چنـد پاراگرافـی می‌نوشـت. چطـور شـد کـه بـه اینجـا رسـید. می‌خواسـت کارش سـبک باشـد. طـوری باشـد کـه بتوانـد بـه نوشـتنش برسـد. چقـدر بـه خودش فشـار آورد کـه بیـن دو بخش زندگـی‌اش تعـادل برقـرار کنـد. بالاخـره باید پول هـم درمی‌آورد. از نویسـندگی کـه پولـی درنمی‌آیـد. حـالا آخـرش چه شـد. ثمـرهٔ زندگـی‌اش را نگذاشـتند چـاپ شـود. دولت‌هـا عوض شـدند امـا انگار بـررّسِ رمـان او عوض نشـد. عقیم شـده بـود. رمانـی هشـتصدصفحه‌ای روی دسـتش بـاد کرده بـود. بعـد از آن دیگـر نتوانسـت بنویسـد. به‌قول خودش شـد یـک کارمنـد کوچولـوی معمولـی مثل خیلی‌هـای دیگـر کـه بـرای چندرغاز آب‌باریکـه، بی‌خیـالِ همـهٔ رؤیاهایشـان می‌شـوند و عمـری را پشـت میزهـای ادارات ورشکسـته تلـف می‌کننـد. بـا ایـن تفاوت کـه مثل خیلـی از آن‌ها بلد نبـود از میـزِ کار و تلفنـش درسـت اسـتفاده کند. برعکس آن‌هـا کـه هـر کدام در کارِ خریدوفـروش چیـزی بودنـد؛ از موبایـل و ماشـین تا سـهام و مسـکن، از بـازار هیـچ سررشـته‌ای نداشـت. حـالا هـم دیگـر هیچ‌چیز را نمی‌توانسـت تغییـر دهـد. تـا قبـل از آمـدن بـه فردیـس این‌طـور فکر نمی‌کـرد. از بعـد از بازنشسـتگی، صبح‌هـا بلنـد می‌شـد، می‌رفت روزنامـه می‌خریـد، قـدم می‌زد، بـا کاسب‌های محـل گپ می‌زد. همـه آقـای مهنـدس را تحویـل می‌گرفتند. می‌آمـد خانـه. کتـاب می‌خوانـد. در جلسـه‌های ادبـی شـرکت می‌کـرد. بـا دوسـتانِ اهـل ادب گعده[1] می‌کردنـد. هنـوز امیـد داشـت بـاز اتفاقـی بیفتـد.

۱- به‌معنـای دورهمـی و گپ‌وگفت، معمـولاً کهن‌سـالان اهـل تهـران از ایـن کلمه بـرای دورهمی‌های سیاسـی و ادبی خـود استفاده می‌کردند.

مـردِ شهرسـتانی، طاقـت سـکوت نداشـت. ادامـه داد کـه: «یـه بـار میـدونِ قیـام تـوی اتوبـوس نشسـته بودم، ایـن پولی‌هـا کـه می‌ره شمشـیری، یـه اتوبـوسِ بیلیتـی اومـد گفـت تـا گمـرک می‌ره، هرکـی می‌خـواد علـاف نشـه، سـوار شـه. گفتم حـالا تا گمـرک بـرم از اونجا سـوارِ یه اتوبـوس دیگه می‌شـم. ایـن بهتـره تـا اینجـا بشـینم تـا کـی ایـن اتوبـوس پُر شـه...»

صدای سرخوش و مغرورِ پسر جوانی گفت: «همون اتوبوس دوطبقه‌ها؟»

اولـی گفـت: «نـه بابا! ایـن مالِ همیـن چندوقتِ پیـش، قبـل از راه‌افتادنِ بی‌آرتیـه خلاصـه رفتـم گمـرک. آقا مـا هـر چـی وایسـادیم، هیچ اتوبوسـی کـه بـره اونور پیـداش نشـد تـا اینکه دوبـاره همون اتوبوسـی کـه اول سـوار شـده بـودم، اومـد. سـوار کـه شـدم، زدم زیـر خنـده. بـه راننـده گفتـم بابا بیـا این صـد تومنـت رو بگیـر کـه قسـمت خودته!»

فـروغ، حرف‌هـای مرد را نمی‌شـنید. داشـت فکر می‌کرد. بلنـد، انگار با خـودش، گفـت: «از هیچ‌چـی شـانس نیاوردم. جـوون کـه بود یه‌جـور عذاب می‌داد، هـی می‌گفتـم آخـه مـرد این هم شـد زندگی، هـر روز صبـح تا عصر بـری اداره، عصـر بیـای تـا شـب در رو بـه روی خـودت ببنـدی. حداقـل برو نظـام مهندسـی، پایـه‌ات رو بگیـر. چهـار تا طـرح بـرای آپارتمان‌ها بـده. چه می‌دونـم ویـلا بکـش. ناسـلامتی اروپـا درس خونـدی. یه خورده پـول جمع کـن. آخـه ایـن بچـه چـه گناهـی داره. اصلاً می‌دونـی کلاس چندمـه؟ چی می‌پوشـه، چـی می‌خـوره، کِـی می‌خوابـه، کِـی پـا می‌شـه؟ تموم‌بشـو هـم کـه نیسـت ایـن مثنـویِ هفتادمنی کـه داری می‌نویسـی. از مشـروطه شـروع کـردی کـه چـی؟ آره این‌هـا همـه به‌هـم وصل‌انـد. اصلاً شـاهکار. اینجـا کسـی مگـه کتـاب می‌خونه. چهـار نفریـد دور هم نشسـتید، تو می‌نویسـی، می‌دی اون می‌خونه، اون می‌نویسـه، می‌ده تو می‌خونی. حـالا خواننـده هـم پیـدا شـد، اصـلاً مگـه می‌ذارن تو یـه همچین چیـزی رو چاپ کنی؟

بیـا بریـم از ایـران. این‌همـه سـال آلمـان بـودی، کلـی دوسـت داری اونجا، هنـوز می‌تونـی دوبـاره کار پیـدا کنـی. همون‌جـا هـم کتابـت رو چـاپ کن. آخـرش کـه چـی؟ پیر شـدیم رفت. حالا هـم کـه پیـر شـده... همـه‌ش می‌گه مریضـم، مریضـم. هیچ مرگشـم نیسـت. خـودم باید بـا این پـای چلاقم راه بیفتـم دنبـال کارها.»

اسـعد زیرلب گفت: «زودتر سَقَط شـم، راحت شـی.» در چشـم‌هایش آب افتـاده بود.

مـرد شهرسـتانی گفـت: «جسـارت نباشـه خانـم! امـا مرد هـم، مردهای قدیـم. جوون‌هـای ایـن دوره زمونـه همـه آویـزونِ ننه‌باباشـون هسـتن. یـه خونـه بخـوان اجاره کنـن، باید حداقل بیسـت سـی میلیون داشـته باشـن. اون هـم خونـه که نـه، لونـه موش.»

فـروغ کلافـه بـود. گفـت: «اوضـاع مالی‌شـون رو کـه نگفتـم، خودشـون رو گفتـم... حـالا خـدا کنـه این مرتیکـه نرفتـه باشـه، این‌همـه راه دارم تو این ترافیـک می‌رم... آقـا فکـر می‌کنی کِی برسـیم؟»

پسر جوان گفت: «یه دو ساعتی تو راهیم...»

«دو ساعت؟!»

«حالا دو ساعت نه! اما الان ترافیکه دیگه.»

رفـت آشـپزخانه. درِ کابینتِ گوشـه‌ای را بـاز کرد و از پشـتِ بسـته‌های ماکارونـی کـه طبقـۀ بـالا چیده شـده بـود، پاکت سـیگاری درآورد. هـود را روشـن کـرد. سـیگار را بـا شـعلۀ شـمعکِ گاز گیرانـد. چنـد کام گرفت. نورِ غـروب از پنجرۀ راهـرو افتـاده بود تـوی آشـپزخانه. خیره شـده بـود به دودی کـه از وسـط نـور راه بـاز می‌کـرد تا از هـود بـرود بیـرون کـه تصمیمـش را گرفـت. هـود را خامـوش کـرد. سیگاربه‌دسـت برگشـت به سـالن. خیلـی آرام بـود. انـگار بـا ایـن تصمیـم تمـام استرس‌هایش ناگهان از بیـن رفت.

انگار قلبش آرام‌تر می‌زد. نشست روی کاناپهٔ رنگ‌ورورفته‌اش جلوی تلویزیون. سیگارش را دود کرد و حساسیتی نداشت که خاکسترش نریزد روی فرش. از حرف‌هایی که از گوشی می‌شنید، فهمید که بالاخره مسافر چهارم هم پیدا شده. تاکسی راه افتاده، اما در ترافیک مانده است. فروغ یک‌بند غُر می‌زد. دیگر به حرف‌هایش گوش نمی‌داد. بلند شد. درِ دولنگهٔ روبه‌تراس را باز کرد. ته‌سیگارش را انداخت در باغچه. کاناپه را خِرکش کرد توی تراس.

۳

مسافر بیمارستان میلاد گفت: «چی بگم والّا!» زمان زیادی از آخرین جملاتِ فروغ و راننده دربارهٔ دکترها گذشته بود، مرد تازه داشت عکس‌العمل نشان می‌داد. گفت: «مرسی آقا، من پیاده می‌شم.» پیاده که شد، صدای خنده‌های دخترانه‌ای از دور آمد. مسافر چهارم دختر جوانی بود. پسر گفت: «این بابا هم چِت[1] بود به‌نظرم.»

اسعد از روی صندلیِ حصیری بلند شد. فکر کرد تازه رسیده‌اند میلاد. ساعت ده هم به ضراب‌خانه نمی‌رسند. تا آن‌وقت هم حتماً عباسی رفته.

باغ، شب پوشیده بود. پشمک که شکمش سیر شده بود، روی لبهٔ دیوارهٔ استخرِ بی‌آب که خزه‌بسته بود، بازی می‌کرد. گالنِ بیست‌لیتریِ نفت، در انبارِ زیرزمین بود برای وقت مبادا. عجله‌ای نبود. وقت داشت. ایستاد لبِ پله‌ها. پاییز، درختِ خرمالو بارِ خوبی خواهد داد. این‌قدر پربار بود که میوه‌هایش را سبز و کال می‌ریخت زمین. گردو و توت هم بارِ خوبی داشتند، اما درخت سیب فقط برگ زیاد کرده بود. گل‌های

۱- دیوانه و بی‌عقل در گویش تهرانی، صفتی توهین‌آمیز

خــودرویِ ریــز زرد و سفید و بنفش، تــازه زیــر درخت‌ها درآمــده بودند. داشــتنِ چنیــن باغــی برایش آرزو بــود اما نه حــالا، وقتی جوان بود و به‌شرط آنکــه خانهٔ دروّس را هــم داشته باشــد. چقــدر به احمــد بــاج داد تا توافق کــرد خانهٔ پــدری بــه او برسد. ای‌کاش هنــوز هم می‌توانســت بنویســد. در حال‌وهــوای خودش بــود که موبایلــش زنگ زد. از جا پرید. انتظــارش را نداشــت. فکــر کــرد حتمـاً فــروغ اســت. زهــره بــود. آن‌قــدر حواســش پرت بــود کــه اول نشــناختش. عجیب بــود. انگار از چیــزی خبــر داشت. صد بــار پرســید: «داداش حالــت خوبــه؟ فــروغ جون خوبــه؟ مطمئنــی حالــت خوبــه؟» فکــر کرد شــاید فروغ بهش زنگ زده است. بــا هم دعوایشــان که می‌شــد، گاهــی از ایــن کارهــا می‌کــرد. گفت:

«چیــه زهــره جون؟ چرا اِنقــدر حالــم رو می‌پرســی؟ نکنه دوباره خوابی، چیــزی دیدی؟ خــواب دیدی ریق رحمت رو سرکشــیدم؟»

زهره بحث را عوض کرد. از پسرش، سهراب، پرسید.

«از اون کــه هیــچ نپــرس کــه هــر چــی می‌کشــم از دســت اونه. با هزار دوزوکلــک بــرای دختــره ویــزا جــور کرد، بردش پیش خودش. شیش ماه نشــده، ولــش کــرده رفتــه. درس که نمی‌خونــه. افتــاده بــه عرق‌خــوری و فســق‌وفجور بــه خــرج ننه‌بابــای خرش. فــروغ هــم دلش خوشــه آقا داداشــش دو هفتــه یــه بــار بره ســری بهــش بزنــه، کار دست خــودش نده.»

انگار منتظــر همیــن بــود، گفــت: «خب داداش خــودت چرا یه ســر پا نمی‌شــی بــری پیشــش؟ هواتــم عــوض می‌شه بــرات خوبه.»

«بــرم چــی بگــم؟ مــا دو کلام هــم نمی‌تونیم بــا هم حــرف بزنیــم، دعوامــون نشــه. مگه بــرم دوتایی بشــینیم مِی بزنیــم. فــروغ قــراره بره... »

صــدای آن‌ور خــط قطع شــد. گوشــیِ لعنتی دوبــاره خاموش شــده بود. باتــری‌اش هــی شــارژ خالــی می‌کــرد. دوســت داشــت بیشــتر بــا هــم گپ

می‌زدند. همیشه حرف‌زدن بـا زهره حالـش را خـوب می‌کـرد. خاطـرات کودکـی را بـرای هزارمیـن بـار بـا هـم دوره می‌کردنـد. بد نبـود همـراه فروغ می‌رفـت پیـش سهـراب. اگـر گیـر نـداده بـود کـه عباسـی بلند شـود، بـا پـول اجـاره، می‌توانسـت بی‌دغدغـه بـرود. بلنـد گفـت: «کـوری عصاکـش کور دگـر شـود.» اصلاً یـادش رفتـه بـود بـرای چـه رفتـه تـوی حیـاط. فکـر کرد از اول هـم معلـوم بـود ایـن‌کاره نیسـتی. ایـن‌جور کارهـا جَنـم و عُرضـه‌ای می‌خواهـد کـه هـر کسـی نـدارد. فـروغ بیخود نگران سهـراب است. «پسـر کـو نـدارد نشـان از پـدر». بـا ایـن وجـود رفـت زیرزمیـن. پیـت نفـت را آورد. تصویـری کـه از خـودش روی آن کُپـه سـاخته بـود، دلش را بـرده بـود. می‌خواسـت آن را تـا جایـی کـه می‌توانـد کامـل کنـد.

۴

تقاطع چمـران را هـم رد کردنـد و ترافیـک بـاز نشـد. دیگـر به عباسـی فکر نمی‌کـرد. امـکان نداشـت تـا آن‌موقع منتظـرش مانـده باشـد. به هیچ‌کـس نمی‌شـد واگـذار کنـد. بـرادرش کـه نمی‌آمـد کار و زندگی‌اش را ول کنـد، هـر هفتـه دو هـزار کیلومتـر پـرواز کنـد بـرود مدیسـون، سهـراب را بپایـد. اگر تابسـتان نتوانـد اوضـاع پسـرک را سروسـامان بدهـد، پاییـز و سـرمای چند ده درجـه زیـر صفر زمسـتان، بـا ایـن روحیهٔ شـکننده‌ای کـه پیـدا کـرده، حتمـاً از پـا می‌انـدازدش. ای‌کاش اسـعد می‌رفـت. بـا ایـن پـا و کمـر، تنهایـی رفتنش عاقلانـه نبـود. یـک سـاعت نشسـتن در ماشـین جانـش را بـه لـب رسـانده بـود، چطـور چهـارده سـاعت تـوی هواپیمـا بنشـیند. چشـم‌هایش درد گرفته بـود از بـس تنگشـان کـرده بـود و خیـره شـده بود به جلو کـه بـی ترافیـک باز شـود و تاکسـی چنـد متـر بـا سـرعت پنـج کیلومتر جلو بـرود. چشـم‌هایش

را هـم گذاشـت. همان‌جـا نشسـته بـود روی اولیـن صندلـی، کنارِ استـاد. همسـن بودنـد. دوسـت داشـت فکـر کنـد همسـن‌اند، امـا راسـتش ایـن بود کـه اسـعد حتـی چنـد ماهـی از او کوچک‌تـر بـود. شـیرینی آورده بـود بـرای تولـدش، تولـد سـی و پنج سـالگی. شـروع داسـتان جدیـدش را خوانـد. مثل همیشـه خیلـی پرشـور و باانـرژی خوانـد. چه ورودِ خوبـی هم نوشـته بود برای داسـتانش. اسـتاد می‌گفـت اگر اسـعد همین‌طـور که داستان‌هایش را شـروع می‌کنـد، ادامـه می‌داد و تمـام می‌کـرد، ما همـه می‌توانسـتیم با خیالِ راحت نویسـندگی را بگذاریـم کنـار. امـا اسـعد کلـی داسـتان نصفه‌نیمه داشـت با افتتاحیه‌هایـی بی‌نظیـر کـه ادامـه پیـدا نمی‌کردنـد. ایـن یکـی بـا خودسـوزی زنـی شـروع می‌شـد که همـه در محـل بـه او می‌گفتنـد زندایی. «شـبِ قبل، زندایـی، جلو چشـم‌های ترسـان و حیـرت‌زدهٔ دو دختر نوجوانش خودسـوزی کـرده بـود.» بعـد از آنکـه خوانـدن سـه چهار صفحـه‌ای که نوشـته بـود، تمام شـد، چنـد ثانیـه سـکوت شـد. انگار همـه منتظـر بقیـه‌اش بودنـد. فـروغ ناخـودآگاه گفتـه بـود: «اگـر باقی ایـن رو ننویسـی، جنایت‌کاری!» و زیرلب گفتـه بـود «خدایـی‌ش ایـن نویسـنده اسـت!» آن شـب، بعـد از تمام‌شـدن کارگاه، اسـعد تـا جایـی از مسـیر فـروغ را رسـانده بـود و در راه کلـی حـرف زده بودنـد. انگار خیلـی وقـت بـود همدیگـر را می‌شـناختند. از همان شـب رابطه‌شـان شـروع شـد. تولـد سـی و پنج سـالگی اسـعد. نوشـتن بـرای فـروغ تفریـح بـود. راهی بـرای آنکه فرامـوش کند شکسـتش را در زندگـی خانوادگی و پسـرش را که شـوهر سـابق نمی‌گذاشـت ببینـدش. اما برای اسـعد همه‌چیز بـود. مگـر از همـان اول ایـن را نمی‌دانسـت. از همـان شـبِ اول. پس چطور شـد، از کِی تحمـلِ دیدنـش را پشـتِ میـز در حـال نوشـتن، از دسـت داد؟ شـاید بعـد از آنکـه یادداشـت‌هایش را بـرای فصـلِ بعـد از انقـلابِ رمانـش خوانـد و دیـد از قضایای مـرده به‌دنیاآمـدن بچهٔ دومشـان در آن اسـتفاده کرده

است. آن را با مهارت تغییر شکل داده بود، اما باز همان بود. بی‌رحمانه نوشته بودش. زن، در ظاهر نشان می‌داد از مرده به‌دنیاآمدن بچه سوگوار است، اما در دل حتی احساس آسودگی می‌کرد، انگار باری را از روی دوشش برداشته باشند و به‌خاطر این احساس پنهانی در دل، عذاب وجدان داشت. روان‌شناسی‌اش عالی بود، اما بخشی از وجود او بود که با بی‌رحمی روی کاغذ آورده بودش. همهٔ بار زندگی را یک‌تنه به دوش گرفته بود و شخصی‌ترین لحظات تلخ زندگی‌اش شده بود سوژهٔ دستِ آقای نویسنده. از همان روزها بود که شروع کرد سازِ مخالف‌زدن. نوشته‌های اسعد به‌جای آن‌که برایش جذاب باشند، مایهٔ نگرانی‌اش شده بودند. تا او می‌نشست پشتِ میز، شروع می‌کرد به وراجی. و نمی‌گذاشت تمرکز داشته باشد. بعد هم بهانهٔ رفتن گرفت. اما اسعد هیچ‌وقت راضی نشد. در گذشته‌اش، آنجا، در هامبورگ، چه بود که حتی حاضر نبود برای خاطر زن و بچه‌اش به آنجا برگردد. صدای پسر جوان رشتهٔ افکارش را گسست.

پیتِ بیست لیتری نفت به‌دست، آمده بود روی تراس که پسر جوان گفت: «... می‌تونست بگه باید بخوابی عملت کنم، اما گفت اصلاً مشکلی ندارم. کلی باهام شوخی کرد که زن‌ها این‌طوری بیشتر دوست دارن، فعلاً نمی‌خواد کاری‌ش کنی. دستش رو این هوا باز کرد، گفت، وقتی این‌قدر شد، اون‌وقت بیا عملش کنم. ناکس می‌گفت مردم می‌گن طرف چه خایه داره. نمی‌دونن که خایه نیست، آبه!».

شوکه شد. بلند زد زیر خنده. خیلی وقت بود این‌طور نخندیده بود. موضوع برایش جذاب شد. همان‌طور پیت‌به‌دست رفت تو. بعد صدای ترمز و بوق ممتد آمد. راننده یهو داد زد: «آقا پیاده شو! گفتم پیاده شو، شما.» «کجا پیاده شم اینجا وسط اتوبان. تازه ترافیک باز شده. چی شده مگه؟»

«هـی می‌گـم ادامـه نده. هـی می‌گم آقا بسّـه اینجـا دو تا خانم نشسـتن. هـی از عمل ممـل خایه‌مایـه‌ش تعریف می‌کنه. قباحـت داره به‌خدا.»

«چیـه مگه آقا! ایـن هـم یـه عضویـه از اعضـای بـدن دیگـه. تازه می‌خواسـتم نظـر ایـن خانم رو هم بپرسـم... (پسـر زد زیر خنـده) اِ چی‌کار داری می‌کنـی... دیوونـه...»

صـدای بازوبسته‌شـدنِ در. راننـده و پسـر پیـاده شـده بودند. فـروغ گیج شـده بـود. می‌گفت حـالا کـه ترافیـک بـاز شـد، ایـن دو تـا افتادنـد بـه جان هـم. اولیـن بار بود اسعد صـدای دختـر را می‌شـنید، می‌گفت پسـر از وقتی کـه آن آقـا، بیمارسـتان میـلاد پیـاده شـد، دائـم تو نخـش بوده. «جوری سـر تـا پـام رو دیـد می‌زد انـگار لختم!»

وسط اتوبـان همـت، اوضـاع عجیبـی شـده بـود کـه تلفن قطع شـد و چنـد لحظـه بعـد شـروع کرد بـه زنـگ زدن. فروغ بـود. تلفـن مثـل دیوانه‌ها زنـگ می‌زد. برنداشـت. همان‌طور سـیخ ایسـتاده بود وسط نشـیمن. حتی پیـت را هـم زمین نگذاشـته بـود. دوبـاره هـوس سـیگار کرد. خواسـت برود بـه گنجینـه‌اش دسـتبرد دیگـری بزند کـه این‌بار زنگِ درِ خانـه را زدند.

۵

روبـه‌روی در، زیـر نـور لامـپ، انـگار خـودش ایسـتاده بـود. خـودش کـه تـه‌ریشِ سـفید گذاشـته باشـد، موهایـش را کوتـاه کرده باشـد و کت‌وشـلوار قهـوه‌ای بدریختـی پوشـیده باشـد بـا پیراهـن سـفیدی کـه حتمـاً یقـه‌اش چرک‌مُرد شـده بـود. جواب نـداد. امـا احمد وِل‌کـن نبود. ده بـار زنگ زد و بعـد شـروع کـرد کوبیدن بـه در. معلـوم بود که می‌داند اسعد خانـه اسـت. بایـد جواب می‌داد.

گفت: «اومدی اینجا چی‌کار؟»

«سلام! خونه‌ای پس؟»

«گفتم اومدی اینجا چی‌کار؟»

«اومدم ببینمت خُب!»

«تو هیچ‌وقت بیخودی پیدات نمی‌شه... مـن هیـچ پولی نـدارم که بهـت بدم.»

«کـی ازت پـول خواسـت بنده‌خـدا! می‌گم اومـدم ببینمـت... حالا چرا در بـاز نمی‌کنی؟»

«باید برم بیرون. کار دارم.»

«بیـا تـا یـه جایـی بـا هـم می‌ریـم، بـا ماشـین اومدم. هـر چند دوسـت دارم فروغ‌خانـم رو هـم ببینـم.»

آن‌سـوتر در نـوری کم‌سـو ماشـینِ خوش‌سروشـکلِ مشـکی‌ای پیـدا بود کـه نمی‌دانسـت چیسـت؛ امـا پـژو آردیِ قدیمـی نبـود. معلـوم بـود وضعش خـوب شـده. گفت: «فـروغ خونه نیسـت.»

«بالاخره در رو می‌زنی یا نه؟»

«وایسا اومدم.»

فـروغ دوبـار دیگـر هـم زنـگ زد. سـیگار را برعکس آتـش زده بـود و فیلتـرش سـوخته بـود. رفـت در را بـاز کرد. شـکمش از سـه سـال قبـل که در مراسـم ختـمِ آخریـن خاله دیـده بودش، گنده‌تر شـده بـود. نگاهی به ماشـین کـرد. امـا چیزی نپرسـید. او هـم چیزی نگفـت. آمد تـو. منتظر تعـارف نبود. دیـد همـهٔ چراغ‌های سـاختمان خاموش اسـت. رفت روی تخـت زیر درختِ موهـا نشـت. گفت: «یـه کـم بشـینیم، بعـد بریـم. دیرت کـه نمی‌شـه؟... حیفِ ایـن حیـاط و ایـن هـوا نیسـت هِی غـر می‌زنی برگردی تهـران؟»

اسـعد دلش آدم می‌خواسـت. دوسـت داشـت وقتی می‌رود خیابان قدم

بزند، شلوغ باشد. برود جاده قدیم، قلهک را پیاده گز کند تا پل رومی، کوچه‌پس‌کوچه‌های الهیه، فرشته، امامزاده صالح، بازار تجریش. از تجریش، ولیعصر را برگردد تا ونک. گفت: «کی گفته می‌خوام برگردم تهران؟ آدرس رو از کجا آوردی؟»

«از کسی گرفتم... به این زبون‌بسته‌ها آب نمی‌دی دم غروب؟ خشکِ خشکه خاکشون.»

سه روز بود باغچه‌ها را آب نداده بود.

«بذار من یه آبی به این‌ها بدم!»

بلند شد رفت طرف استخر. انگار قبلاً هم آمده بود آنجا. زود شلنگ و شیر آب را پیدا کرد. کُپهٔ اسعد در تراس توجهش را جلب کرد، اما به روی خودش نیاورد. شروع کرد به آب‌دادن باغچه‌ها، سرِ صبر. این‌طور نمی‌شد. باید بلند می‌شد چایی‌ای چیزی درست می‌کرد. آب را گذاشت جوش بیاید. فروغ دوباره زنگ زد. لحنش عوض شده بود. یک‌جورِ آشتی‌جویانه‌ای گفت که دلش شور افتاده وقتی چندبار زنگ زده و جواب نداده. گفت تازه رسیده ضراب‌خانه. عباسی که دیگر حتماً رفته. می‌خواهد ماشینِ دربست بگیرد که برش گرداند فردیس. بوی نم از خاکِ باغچه‌ها بلند شده بود. پشمک بعد از ورجه‌وورجه‌های فراوان، خودش را ولو کرده بود روی مسیرِ باریکِ خیسِ سیمانیِ بین استخر و باغچه. پهن شده بود. شکمش بالا و پایین می‌رفت. دل اسعد غنج زد که آن شکمِ سفیدش را بمالد. سینی چای و خرما را گذاشت روی تخت، احمد از کیفِ پارچه‌ای زیپ‌داری که همراهش بود، نان درآورد و نایلونی پر از سبزی و پنیر و گردو. گفت مال ظهر است، اما می‌شود خورد. و ادامه داد: «چیه؟ درویش مرویشی چیزی شدی؟ این پشم‌وپیلی‌ها چیه گذاشتی؟»

«خواستم کمتر شبیه تو باشم.»

«مگه مـن چـی‌کار کردم، تـو این‌قـدر ازم بدت میـاد؟» پنیر را با دست تکـه می‌کـرد، می‌مالیـد روی نـان، و سـبزی و گـردو را می‌ریخت بینَش. یـک لقمـه بـرای اسعد می‌گرفت، یکی بـرای خـودش. لقمه‌اش را داشت گاز می‌زد کـه کم‌کـم اشک حلقـه زد تـوی چشـم‌هایش. اسـعد آه بلنـدی کشـید. فکـر کرد دوباره شروع شـد.

«تـو بـه این چیزهـا اعتقـاد نـداری، حتـی مسخره هـم می‌کنـی. البته مشـکل زندگـی‌ت هم به‌نظر مـن همین‌جاست. مثل خدابیامرز آقابزرگ. امـا همون‌طـور کـه اون تا آخر عمر نتونسـت درست‌وحسـابی بکَنـه، تو هم نتونسـتی. و اِلّا چـرا برگشـتی. بابا خدابیامرز همیشـه طرف تو بـود. کلی پول خرجت کـرد بِری آلمـان درس بخونـی که مثل خـودش کارمنـدِ مزدبه‌گیرِ دولـت نشـی. حـالا اون مدیـر شـعبه شـد آخرهـاش. تـو چی؟ کارشناسِ پادرهـوای غلّـه مونـدی کـه مونـدی. اما خدایـی‌ش فکر نمی‌کـردم برگردی. مریـض بـود، احساسـاتی شـده بـود، بهانـه‌ت رو می‌گرفت. امـا تو بهانـه نیـاوردی. مردونگـی کـردی، به‌خاطـر دل پیرمـرد برگشـتی. دمـت گـرم. امـا چـرا بعـد برنگشـتی؟ تو هـم نتونسـتی درست‌وحسـابی بکَنـی. بگذریم... »

اسـعد گفت: «سـیگار داری؟» وینسـتون قرمز داشـت. اگنـس لای پنجره را بـاز کرده بود وسـط زمسـتان. مامی، همـه در محل به مادر اگنـس می‌گفتند مامی، گفت آلیـس، کارگرشـان، امـروز زودتـر رفتـه. در مغازه کسـی پشت دخـل نیسـت و رفت پاییـن. درِ اتـاق را هم پشـت خودش بسـت. باد بـا پرده بـازی می‌کـرد. اسـعد رفتـه بـود بـرای خداحافظـی. یک بسـته وینسـتون بلند روی میـز بـود. پنج سـال بـا هـم بودنـد و ندیـده بـود سـیگار بکشـد. گفت: «یکـی می‌کشـی؟» و بـا صندلـی چـرخ‌دارش دومتری به اسـعد نزدیک شـد. سـیگار را گرفت. نشسـت لبـۀ تخت. انگار همیـن دیروز بود که اتاقِ آن‌سـوی

راه‌پله را کرایه کرده بود. آن روزها یکی از کارهای الیور، کارگرِ مغازه، این بود که به اگنس در بالا و پایین رفتن از پله‌ها با صندلی چرخ‌دارش کمک کند. آن شنبه را خوب به‌خاطر داشتند. برای همهٔ دوستانشان آن را تعریف می‌کردند. الیور مرخصی بود. اسعد ترسید موقع پایین‌بردنِ اگنس او را بیندازد. مامی، صندلی چرخ‌دار را برد و اسعد، اگنس را بغل کرد و با خودش برد پایین. جوان بود. در کالج جزو تیم والیبال بود. اگنس بازیگوشانه بازویش را فشار داد و گفت: «مثل سنگ می‌مونه!» بعد لبخند زد. اسعد تازه آمده بود آلمان. تا آن‌موقع هیچ دختری از چنین فاصلهٔ نزدیکی بهش لبخند نزده بود. دهه‌ها از پایان جنگ می‌گذشت و تازه، برای اولین بار کازابلانکا بدون سانسور و با دوبلهٔ آلمانی اکران شده بود. با هم رفتند سینما. اولین بار کِی موقع پایین‌رفتن از پله‌ها همدیگر را بوسیدند؟ اول اگنس سرش را برد جلو یا اسعد گردنش را خم کرد؟ چه‌ش شده بود که فکر کرد رابطه‌شان عاشقانه نیست. وقتی برای خداحافظی رفت، یک سالی بود که دیگر رابطه‌شان مثل قبل نبود. نمی‌دانست چطور شروع کند. اگنس راحتش کرد: «پس بالاخره تصمیم گرفتی بری؟»

«آره، اما برمی‌گردم.»

سیگارش را گیراند و آتش را گرفت برای اسعد. گفت: «آره» آن‌قدر آرام گفت که انگار صدا نداشت. انگار بادی که از پنجره می‌آمد، از راهی دور «آره» را آورد؛ بی‌رمق. اما هر دو می‌دانستند که دیگر برنخواهد گشت. «اگر نخوای برگردی هم، من از دست‌ت ناراحت نمی‌شم. تو خیلی خوبی، خیلی مهربونی. خیلی دلم برات تنگ می‌شه. ممکنه کلی غصه بخورم. اما از دست‌ت عصبانی نمی‌شم. خیلی خوش گذشت این چند سال که تو پیشمون بودی. هم به من، هم به مامی... نه! بهتره چیزی نگی، قولی نده که بعداً برات سخت شه. به‌قول ایلسا توی

کازابلانکا مـا همیشـه پاریـس رو داریـم.» اسـعد خواسـت بگویـد: «فکر کنـم ایـن جملـه رو ریـک گفت آخـر فیلم!» امـا چه فرقـی می‌کرد. همیشـه بـرای آن کـه می‌مانَـد سـخت‌تر اسـت از دیگـری کـه می‌رود.

«من به‌خاطر اون پیرمرد نبود که برگشتم.»

احمـد چنـد بـار سـرش را تکان داد. اگـر به‌خاطـر پیرمـرد برنگشـته بـود، پـس بـرای چه آمـده بـود. شـاید به‌خاطر مینا. دوسـت داشـت بپرسـد، یعنـی هـلاک آن بـود کـه بپرسـد. امـا حیف کـه وقتـی هوس گفتن آن داسـتان به‌سـراغش می‌آمـد، دیگـر هیچ‌چیـز نمی‌توانسـت از بازگوکـردن منصرفـش کنـد، حتـی چنیـن اعتـرافِ ناگهانـیِ عجیبـی. امـا یـادش نرفـت. فکـر کرد به‌زودی بایـد از ایـن ماجرا سـر در بیـاورد. شـاید همیـن امشـب، بعـد از اینکـه حرف‌هایـی را کـه به‌خاطرشـان آمـده بـود، زد. خـودش را کـه آمـاده کـرد بـرای شـروع داسـتان، اشـک‌هایی کـه کمی خشـک شـده بودنـد، دوبـاره چشـم‌هایش را تـر کردنـد.

«مـن خـواب دیـدم، اسـعد! خانـم اومد بـه خوابم. گفت سـیّد به ما توسّـل کـن مشـکلاتت رو حـل می‌کنیم.» این‌هـا را کـه می‌گفت کم‌کم اشـک‌هایش داشـت سـرازیر می‌شـد. «گفتم خانم، غلام شـما هسـتم، اما من سـیّد نیسـتم. گفـت مـا می‌گیم هسـتی. چند مـاه کارم شـده بود برم قـم خدمت علمـا. همه فکـر می‌کردنـد بیخـود می‌گـم، دروغ می‌گـم. سنگ‌قلابـم می‌کردنـد. آخـر یکی‌شـون بـه حضـور پذیرفتـم. سـجّل آقابـزرگ و مادرجان رو بردم. شـجره‌نامه بـرام پیـدا کـرد. گفـت تـو سـیّدِ کاظمی هسـتی. بـرام دستخط نوشـت. رفتم اسـمم رو عـوض کـردم. شـما مسـخره‌ام کـردیـن کـه احمـد سـوراخ‌دعا رو پیـدا کـرده. چطـوری آسّـید احمـد؟ بعـد بـا پسرعموهـا هِرِهُکِرّه راه انداختید شـبِ سـال آقابـزرگ. همـه‌ش بـا خودم فکـر کردم چـرا اسـعد این‌قـدر از من بـدش میـاد... قبـلاً هـم بهت گفتـم. من نمی‌دونسـتم تو هـم مینا رو دوسـت

داری. تـو سـرت بـه کار خـودت گـرم بـود. دنبـال رفیق‌بازی‌هـات بـودی. بعـدش هـم داشـتی برنامـه می‌ریختـی بـری آلمـان. مـن زن می‌خواسـتم. به آقابـزرگ گفتـم بـرای مـن زن بگیـر. آقا هـم بـه مادرِ خدابیامرز گفـت کی از میناِی دادامـش بهتـر. مـن، مینـا رو دوسـت داشـتم، امـا نمی‌دونسـتم تـو هم دوسـتش داری. بـه خدایـی خـدا اگـه می‌دونسـتم، نمی‌گرفتمـش. تاوانشـم کـه دادم. تمـام اون سال‌هایـی کـه بهـم بی‌محلـی می‌کـرد، دسـتم می‌انداخت، جلـوی داداش‌هـاش و دوست‌هـاش سگّـهٔ یـه پولـم می‌کـرد. تـو کـه نبـودی، همیشـه همیـن بـود. می‌گفـت ایکبیـری، قیافـه‌ات مثـل میمـون می‌مونـه. مـا شـبیه هـم بودیـم، امـا اون به‌نظـرش تـو زشـت نبـودی. بی‌حیا جلـوی مـادر از قصـد می‌گفـت ماشـالله اسعدخان هروقـت از اروپـا میـان از دفعـهٔ قبـل خوش‌تیپ‌تـر شـدن، انـگار عموجـان هرچـی خوبـی داشـتن دادن به ایشـون. مامـان سرخ‌وسـفید می‌شـد، لبـش رو گاز می‌گرفت. همیشـه با خـدای خودم کـه خلـوت می‌کـردم، می‌گفتـم ایـن امتحـان منـه. خـودش گفتـه فکـر کـردید همیـن کـه بگیـد ایمـان آوردیم دیگـه تمومه، نـه آقاجـان، کلـی امتحـان هسـت. مینـا، امتحـان مـن بـود. بچه‌هـام رو یه‌جـور تربیـت کـرد کـه من به‌نظرشـون احمـق می‌اومـدم. اگـه ارث آقـام خدابیامـرز نبـود، صدبـار گذاشـته بـود، رفتـه بـود. طاقتم طاق شـده بـود. آره، زدمـش. از وقتـی کـه تو برگشـتی، بدتر شـده بـود. دیگـه بی‌حیایـی هـم حـدی داره. خیلـی بد بـود کـه تو کـه داداش مـن بـودی، پشتِ اون در اومـدی. از همـون روز هـم بینت بـا فروغ‌خانم شـکراب شـد. اون روز نـگاهِ فروغ‌خانـم بهـت رو دیـدم، شـکش بـرده بـود. هیچ‌وقـت بـرای اون این‌طـوری رگِ گردنـی نشـده بـودی.»

از ایـن حرف‌هـا پیـش از ایـن هـم زده بـود. امـا هیچ‌وقـت بـه ایـن وضـوح اسـعد را متهـم نکـرده بـود کـه بـه مینا نظـر داشـته اسـت. هرچـه تـلاش کـرد، نتوانسـت تصویـری از او در ذهنش مجسـم کنـد. مینا کمی بعـد از طلاق از

احمـد، دسـت بچه‌هایـش را گرفـت و رفـت کانـادا. معلـوم بـود از قبل همهٔ برنامه‌هایـش را چیـده اسـت. تنها چیزی کـه بـه یاد داشـت، تصویری محو و مبهـم بـود، مربـوط بـه دوران نوجوانی. مینـا آمده بود خانه‌شـان که اسـعد با او ریاضـی کار کنـد. اما اصلاً حواسـش بـه درس نبود. زیرچشـمی نگاهش می‌کـرد و هروقـت ازش می‌خواسـت مسئله‌ای را حل کند، بیخـود، نخودی می‌خندیـد و کرشـمه می‌آمـد. گاهـی یـاد نگاه‌هایـش داغش می‌کـرد، اما نه ایـن اواخـر. مینایی کـه زنِ احمد بود، هیـچ حسـی در او برنمی‌انگیخت.

«رفتـم مشـهد، پابـوس آقا. پا کـه تـو صحنِ ایوونِ طلا گذاشـتم، اشـکم سـرازیر شـد. پاهـام نـا نداشـتن. خـودم رو کشـوندم تا ضریـح. اصلاً از یاد بـرده بـودم خـودم رو. زیارت‌نامـه خونـدم. رفتم بالاسـرِ آقـا، دو رکعـت نمازِ زیـارت خونـدم. دو رکعـت هـم عـوضِ مـادر خونـدم کـه هـر چـی از خدا و پیغمبـر دارم از اونـه. رو بـه ضریـح وایسـادم. گفتـم آقـا من از دسـت این زن خسـته شـدم. بیسـت سـال تحملـش کـردم. تازه چهـل و پنـج رو ورد کـردم، امـا احسـاس می‌کنـم صـد سـالمه. ایـن زن بـه مـن بی‌محلـی می‌کنـه. مـن رو نمی‌خـواد. منـم اون رو نمی‌خـوام. دیگـه نمی‌خـوام. یکـی رو جلـوی مـن، سـر راه مـن بـذار کـه زنِ زندگـی باشـه، خـدا و پیغمبـر سـرش بشـه، دیـن و ایمـون داشـته باشـه، قیافـه‌اش هـم بد بـود، مهـم نیسـت. زیـاد جوون هـم نبـود، مهـم نیسـت. اصلاً زشـت باشـه، بهتـره. فقـط از مـنِ عن‌ترکیب خوشـش بیـاد، کافیـه. یکـی رو می‌خـوام کـه مـن رو بـرای دلـم بخـواد. زدم بـه سـینه‌ام. سـینه‌ام داشـت آتیـش می‌گرفـت. گلـوم می‌سـوخت. هق‌هقـی کـردم کـه بیـا و ببین. دلـم شکسـته بـود. از حرم که اومـدم بیـرون، رو بـه گنبد وایسـاده بـودم کـه موبایلـم زنـگ زد. اون‌موقـع تـازه چند سـالی بـود موبایل اومـده بـود، هـر کسـی نداشـت. یکـی گفت چطوری سـیّد، خوبـی؟ گفتم شـما؟ گفت یه بنـدهٔ خدا. گفت شـما رو کسـی بـه مـن معرفی کـرده، گفته

دنبـال یـه خانـمِ عاقلـهٔ مؤمنـه می‌گـردی. یکـی رو مـن می‌شناسـم کـه اگر بخـوای می‌تونـم بهـت معرفـی کنم. مدیر دبیرستانه، زیاد خوشگـل نیسـت، امـا حسـابی بامحبته. گفتـم بذاریـد بهتـون اطـلاع می‌دم. فـرداش دوبـاره رفتـم حـرم. حسـابی گریـه کـردم. گفتـم آقـا ایـن کیـه بـه مـن زنـگ می‌زنـه؟ مـن بهـش اعتمـاد کنـم؟ اومـدم بیـرون. دوبـاره زنـگ زد. گفـت مرد حسـابی، سیّدِ خـدا، حـرفِ من رو بـاور نداری، دوبـاره رفتـی خدمت آقا. بیا ببینش. خلاصـه دو سـه روز مریم‌خانـم رو دیدیـم. حرف زدیـم. محبتـش افتـاد بـه دلـم. انگار بـاری رو از رو دوشـم بردارنـد. بلیتِ قطـار داشـتم بـرای تهران. چنـد سـاعت قبـل حرکـت، دوبـاره اون آقا زنـگ زد. گفت همـون روز بریم پیـش یـه حـاج آقایـی کـه نشـونی‌ش رو داد، تـوی صحن گوهرشـاد عقد کنیم. گفتـم مـن دارم برمی‌گـردم تهران. گفـت تـا ایـن کار رو بـه انجام نرسـونی، نبایـد بـری. خلاصـه عقـد کردیـم. نیم‌سـاعت مونـده بـود بـه حرکـت قطار کـه اومـدم کنـار خیابـون. یـه موتـوری صدام زد، گفت سـیّد بپر بـالا که دیر شـد. گفتم شـما از رو از کجا می‌شناسـی. گفـت نشـونتون دادن بهم، گفتن برسـونمتون راه‌آهـن. دم قطار انگار همـه منتظـر بودند من برسـم. هیچ‌کس سـوار نشـده بـود. روی سـکو کـه رسـیدم تـازه در واگن‌هـا رو بـاز کردند.»

اسـعد ایـن داسـتان را هـزار بار شـنیده بـود. دیگـر حتی حوصلـه نداشـت کـه بـا نیش‌وکنایـه بهـش بفهمانـد کـه خَـر خـودش اسـت. فکـرش جـای دیگـری بـود. پیـشِ اگنـس کـه از لای پنجرهٔ بـاز داشـت نگاهـش می‌کـرد، وقتـی قـدم در خیابـانِ پُربـرف گذاشـته بـود. برگشـت. برایـش دسـت تکان داد. گفـت: «بـرو تو سـرما می‌خـوری هـا!» اگنس برایش بوسـه فرسـتاد. از پله‌هـای هواپیمـا کـه بـالا می‌رفت، تـازه یادش آمد کـه با مامی خداحافظی نکـرده اسـت. چه غـروب سـردی بـود آن روز در فـرودگاهِ هامبـورگ. چقدر سـنگدل بـود وقتـی آخریـن چیـزی کـه بـه ذهنـش رسـید ایـن بـود کـه اگر

آلیـس نخواهـد یـا نتوانـد در بالا و پاییـن آوردن اگنـس به مامـی کمک کند، شـاید مامـی مجبـور شـود دوبـاره کارگرِ مـرد اسـتخدام کند.

«بـه مینـا گفتـم مـن مشهد زن گرفتـم. می‌خـوای بمـون، می‌خـوای برو. حـق و حقوقت رو هـم مـی‌دم. طلاق گرفت. خدایـی‌ش اون ده سـالی که با مریم‌خانـم بـودم، بهترین سـال‌های عمـرم بود. بـا اینکـه مریم‌خانـم نزدیک چهـل بـود، خدا بهمـون یه پسـر داد مثل دستهٔ گل... امـا خدا مـا رو امتحان می‌کنـه، اسـعد. مـن تـا حـالا دوبـار امتحـان پس دادم... ماشـین از خطِ روبـه‌رو منحـرف بشـه، چپ کنـه، بخـوره بـه گارد ریل، بلند شـه هـوا، چرخ بزنـه، بـره تـوی خطِ روبـه‌رو، راسـت بیفتـه رو سقف ماشـینی که مریمِ من سـوارش بـوده. درسـت همـون روزی کـه اون رفته قم زیـارت. تو بیمارسـتان بـه خـدا گفتـم خدایا کاری کـن عـذاب نکشـه. اگـه می‌خـوای بگیریـش، بگیـر. اگـر نه، سـالم بایـد تحویلم بـدی‌ش. دکتر اومـد گفت که تمـوم کرد. خـدا رو شـکر خانـواده‌اش جـاش رو برای پسـرم اسـماعیل پـر کردند.»

هروقـت داسـتانش را بـرای مردهـای فامیـل، هم‌بازی‌هـای دوران بچگی، تعریـف می‌کـرد، طرح خندهٔ تمسـخرآمیزی روی لب‌هاشـان بـود که باعث می‌شـد یا داسـتان را نیمه‌کاره رهـا کند یـا در تمـام مـدت به‌جـای دیگری به‌جـز صورتشـان خیره شـود. حتـی مادرجان هم بـا اینکه از مینا دل خوشـی نداشـت، موقـع تعریف داسـتانش دائـم اسـتغفرالله می‌گفـت و آخرش هم فقـط گفت کار خوبـی نکـرده سـرِ مینـا هـوو آورده. بهتـر بـود حتـی اگر می‌خواسـت زن بگیـرد، اول او را طـلاق مـی‌داد، بعد مریـم را می‌گرفـت. امـا این‌بار همان‌قـدر کـه صـورت احمد پـس از رسـیدن به مـرگ مریم‌خانم از اشـک خیـس شـده بـود، صـورت اسـعد هـم خیـس بـود. فکر کـرد بـرای یک‌بـار هـم کـه شـده توانسـته بـا داسـتانش او را تحتِ‌تأثیـر قرار دهـد. بلند شـد رفت کنـارش نشسـت. دسـتش را انداخت دور شـانه‌اش.

گفت: «بریم تو، می‌خوام تو خونه‌ات رو هم ببینم.»

اسـعد مخالفتـی نکرد. چراغ که روشـن شـد، احمـد نگاهـی بـه درِ باز و وسـایل کوه‌شـده در تـراس کـرد، نگاهـی بـه پیـتِ نفتِ وسـط نشـیمن. آهی کشـید. گفـت: «دیوونه‌بازی‌هـات هـم بـه آقابـزرگ رفتـه!... اسعد! تـو کـه این‌همـه کتـاب خونـدی، می‌دونـی آدم وقتـی می‌میـره، خـودش می‌فهمـه کـه مُـرده یـا نه؟»

اسـعد گفـت: «تـو بـه روح اعتقـاد داری؟» هـر دو هم‌زمـان یـاد جـوک قدیمـی افتادنـد و بی‌اختیـار زدنـد زیـر خنـده. احمـد پرسـید: «فروغ‌خانـم امشـب برمی‌گرده؟»

«تو راهه.»

کتـش را درآورد. گفت: «بسـم‌الله! بیـا اینجا رو مرتب کنیـم تا فروغ‌خانم نرسیده.»

«تو امشب چطور اینجا پیدات شد؟»

«یکی بهم زنگ زد، گفت یه سری بهت بزنم.»

روز تولد نيلو

به مادرم که فکر می‌کنم، آرزو می‌کنم ای‌کاش به‌خاطر او هم که شده، زندگیِ پس از مرگ وجود داشته باشد.

۱

بعد از چهار روز وارونگی، همه منتظر بودند بادی از غرب بوزد.

برخـلاف هـر روز، آفتاب‌نـزده، فشـار مثانـه از خـواب بیـدارم کـرد. بـه فـال نیـک گرفتـم؛ پنجشـنبه بـود، روز تولـد نیلـو و کلـی کار داشـتم. از جلوی اتـاق بابـا کـه گذشـتم، مثـل هـر روز عینـک تـه‌اسـتکانیِ دسـته‌کائوچوییِ قهـوه‌ای‌اش را بـه چشـم زده بـود و پشـت میـز، قـرآن می‌خوانـد. صدایش اما تودماغـی شـده بـود و هنـوز روز شـروع‌نشـده، نصـف جعبهٔ دسـتمال کاغذی را کُپـه کـرده بـود کنـار دسـتش روی میـز. بابا زیـاد زکام می‌شـود. این‌جـور وقت‌هـا به‌قـول خـودش انـگار شـیر فلکـه را بـاز می‌کننـد، آب همین‌طـور از بینـی و چشـم‌هایش روان اسـت و دائـم بایـد حداقـل یـک دسـتمال زیـر بینـی‌اش باشـد. بـه سـر کم‌مویـش از اوایل پاییـز حنـا می‌گـذارد و موهایش، زمسـتان‌ها، همیشـهٔ خـدا قرمـز اسـت. کلاه بافتنـی‌ای خریـده که بـدون آن پا

از خانه بیرون نمی‌گذارد و هرچه خواهرهایم برایش کلاه بِره و کلاه‌شاپو می‌خرند، دست از آن برنمی‌دارد. خواهرها می‌گویند با این کلاه و کت‌وشلوار که بیرون می‌رود، شبیه آب‌حوضی‌ها می‌شود، اما او گوشش بدهکار این حرف‌ها نیست؛ کلاه بافتنی، چیز دیگری است. از آشپزخانه دائم بوی شلغم می‌آید و از بس شب‌ها آش شلغم و سوپ شلغم و شلغم پخته می‌خوریم، حالم از هرچه شلغم است به‌هم می‌خورد. جعبه جعبه هم پرتقال و لیموشیرین آبگیری است که پیک موتوری می‌آورد و در آشپزخانه خالی می‌شود. تازگی‌ها هم که کار جدیدی یاد گرفته؛ بخور پیاز می‌دهد. بعد آب پیاز را با عسل می‌خورد. از فکرش هم چندشم می‌شود. همهٔ این کارها را می‌کند، اما باز حداقل نیمی از سه ماه زمستان سرماخورده است. چند بار اصرار کردم که پیش متخصص گوش‌وحلق‌وبینی برود، اما از دکترجماعت فراری است. این‌جور مواقع خانه‌نشین می‌شود، خودش را پتوپیچ می‌کند و روزی دو سه بار با آب داغ دوش می‌گیرد. از حمام که بیرون می‌آید، پوست تنش در حد تاول‌زدن سرخ است. کُپهٔ دستمال‌ها را که دیدم، با خودم گفتم دوباره شروع شد.

از بالای عینک نگاهم کرد و گفت: «چه عجب!». یادم نمی‌آید دفعهٔ آخر که نماز صبح را قضانشده خواندم کِی بود. بابا مثل مامان نیست، مامان آن‌قدر بالای سرم می‌ایستاد و غر می‌زد و از عذاب خدا می‌گفت که جهنم را با تمام حواشی‌اش می‌آورد جلوی چشمم و اگر می‌خواستم بخوابم هم، دیگر نمی‌توانستم. بابا اما فقط یک‌بار در را باز می‌کند و می‌گوید: «علی، پا شو نمازت قضا نشه!» اوایل بیدار می‌شدم و می‌گفتم چشم و دوباره می‌خوابیدم. چندوقتی است که دیگر صداکردنش را نمی‌فهمم. اصلاً نمی‌دانم هنوز صدایم می‌کند یا دیگر به‌کل بی‌خیال شده است!

روی کاسهٔ توالت‌فرنگی که نشستم، چرتم گرفت و همین‌طور فکرهای مختلف، مثل رؤیاهای میان خواب‌وبیداری، ذهنم را پر کرد. به خودم که آمدم، دیدم باز بلندبلند دارم با خودم حرف می‌زنم. روز تولد نیلو بود؛ صفحهٔ فیس‌بوکش این‌طور می‌گفت. از آن سفر پرماجرای پاییزی، دیگر ندیده بودمش. قرار بود زنگ بزند، اما نزد. من هم لج کردم و زنگ نزدم. سه ماه بود ازش خبری نداشتم. انگار اتفاقی چند روزی را با هم گذرانده بودیم و بعد تصمیم گرفته بودیم که دیگر هم را نبینیم. «باید تولدش را به روی خودم بیاورم یا نه، برایش کادو بگیرم یا یک تبریک خشک‌وخالی روی صفحهٔ پروفایلش کافی است، یا شاید فقط یک اس‌ام‌اس بزنم که خصوصی‌تر باشد؟ حالا اگر قرار باشد برایش کادو بگیرم، چی بخرم؟» همین‌طور که با خودم حرف می‌زدم، مامان هم بالای سرم ایستاده بود و با شماتت نگاهم می‌کرد. دیگر به حضورش در جاهای نامعمول عادت کرده‌ام. مامان تازگی‌ها، روزی سه چهار بار سراغم می‌آید. دقیق‌ترش این است که درست از پانزدهمین سالگرد رفتنش سروکله‌اش پیدا شد؛ وقتی بعد از پانزده سال، به‌جای آن حفره‌های سیاه توانستم چهرهٔ خندانش قبل از بیماری را به یاد آورم. همین‌طور که داشتم به هدیهٔ تولد برای نیلو فکر می‌کردم، یادم آمد که پنجشنبه‌ها بابا بعد از نماز و قرآن و صبحانه و دیدن اخبار صبح از تلویزیون، دوش می‌گیرد و با مترو می‌رود بهشت زهرا به مامان سر بزند. بعد فکر کردم که امروز با این حال خرابش بعید است برود. مامان روزهای آخر با زبانی تلخ و زهردار به بابا کنایه می‌زد که مطمئن است اگر بمیرد، بابا سرِ سال نشده زن خواهد گرفت. اما حالا پانزده سال است که مامان دیگر نیست، بابا این‌قدر که حالا بهش وفادار مانده، زمان زنده‌بودنش، نبود. هر هفته بلااستثنا در گرما و سرما و برف

و بـاران، بهشـت زهـرای پنجشـنبه‌هایش تـرک نمی‌شـود. تنهـا چیـزی کـه زمین‌گیـرش می‌کنـد، همیـن زکام اسـت. دلـم بـرای بابا می‌سـوزد. چقـدر طفلکـی شـده اسـت بعـد از مامـان. این را بـه مامـان گفتم. گفتـم ببین کـه بعد از سـی سـال زندگی، شـوهرت را درسـت نشـناخته بودی. مامان که کم نمی‌آوَرَد، جـواب می‌دهـد کـه بابـات همیشـه غریب‌نـواز بوده، شـماها اگر بیشـتر بیاییـد بـه مادرتـان سـر بزنید، این پیرمـرد گرمـا و سـرما این‌همه راه نمی‌آیـد بهشـت زهرا.

نمی‌دانـم چطـور میـان ایـن فکرهـا روی کاسهٔ توالت‌فرنگـی، بـه ایـن نتیجـه رسـیدم کـه بـرای نیلـو توله‌سـگ هدیه بخـرم. از همـان سـگ‌های کوچولـوی پشـمالویی کـه در آن سـفر کذایـی بـا حـرارت دربـاره‌شـان حـرف می‌زد؛ شـیزو، شـینزو یا یک همچین اسـمی، سـفیدِ سـفید. از خـودم تعجب کـردم؛ مـن، علـی، تصمیـم گرفتـه بـودم دوبـاره تـلاش کنـم بـا دختـری کـه پانـزده سـال از من کوچک‌تر اسـت قـرار بگـذارم و هدیهٔ تولد بهش توله‌سـگ بدهـم. اگـر قدیـم بـود مامـان حتمـاً سـرخ می‌شـد و قهـر می‌کـرد. امـا حالا لبخنـد تمسـخرآمیزی روی لـب داشـت و نگاهـی کـه معنـی‌اش این بـود که ازت ناامیـد شـدم، امـا به‌نظـرم در دلـش خوشـش هـم آمده بـود از ایده‌ام.

از دست‌شـویی کـه وضـو گرفتـه بیـرون آمدم، بابا رو بـه پنجره ایسـتاده بـود. گفـت: «اِنقـدر لفتـش دادی کـه آفتـاب زد». نـوارِ پهن پرنـوری از کنار پنجـره تابیـده بود بـه صورتش و روی دیوار، سـایهٔ سـرش را قـاب گرفته بود. توچـال آن روز هـم پیـدا نبـود. زمیـنِ اینجا را کـه بـه بابا پیشـنهاد کردند، باغـی بـود بـزرگ، شـمالی و پُردرخـت. کاج‌هـای روبـه‌روی درِ ورودی و کناره‌هـا، مثـل دیوارهایـی بلنـد، خانـهٔ کهنـه و متروک‌مانـده را از دیـد پنجره‌هـای مُشـرِف اطراف پنهان می‌کردنـد. درخت‌هـای سـیب و تـوت و خرمالـو و یـک ارغـوان بلنـد کـه نزدیک ده متـر ارتفاع داشـت جلـوی خانهٔ

کلنگی بـود و پشـت آن پـر بـود از درخت‌هـای تـوت. کل منطقه هـم قدیم توتستان بـوده؛ تمـام کوچه‌هـای اطـراف پـر از درخت‌هـای تـوت است که تابستان‌ها رهگـذران از آن‌هـا بی‌نصیـب نمی‌مانند. چنـد سـال از مـرگ مـادر گذشـته بود. بـدون او نگهـداری از خانـهٔ قدیمی‌مـان در خیابـان ایران سـخت شـده بـود. بابا هم افسـرده شـده بـود، امـا مگر کسـی جرئت داشت بخواهـد ببـردش دکتر. حتـی بازار هـم دیگر نمی‌رفت. کار را سـپرده بود به شـاگردها و آن‌هـا هـم برای خودشـان حسـابی جولان می‌دادند. بـا دامادها هـم آبـش در یـک جـوی نمی‌رفت. قلیـان را دوبـاره درآورده بـود. چاقـش می‌کـرد و در حیـاط می‌نشسـت و خیـره می‌شـد به‌جایـی کـه معلـوم نبـود کجاسـت و بـه چیـزی کـه معلـوم نبـود چیسـت و فکـر می‌کـرد. ظهرهـا و غروب‌هـا می‌رفت مسـجد. دخترهـا سـر می‌زدنـد، امـا کاری از دستشـان برنمی‌آمـد. مـن هـم اوضاعم حسـابی خراب بـود. بعد از مرگ مامـان به‌زور فارغ‌التحصیـل شـده بـودم. کارمنـد ادارهٔ بی‌خاصیتـی بـودم. با رعنا ازدواج کـرده بـودم. رعنـا از مـن طـلاق گرفتـه بـود و برگشـته بـودم پیـش بابـا. هـر دو، تـا اعمـاق چـاه افسـردگی فرورفتـه بودیـم. نمی‌دانـم چطـور بـه ذهنش رسـید. شـرط گذاشـت اگـر درخت‌هـا و به‌خصوص درخـت ارغـوان را نگه دارنـد و مـرا هـم به‌عنوان مهندس در کارگاه اسـتخدام کنند، حاضر اسـت در سـاخت مجتمـع سـرمایه‌گذاری کند. تصمیـم بـه اسـتعفا از آن اداره و قبول کار در کارگاه بهترین تصمیمـی بـود کـه به اصـرار پدر گرفتـم. حالا مجتمع اسـمش شـده اسـت ارغـوان. نمـای سـاختمان چند قوس هلالـی دارد و درخـت ارغـوان در منتهاالیه شـرقی سـاختمان، در قـوس انتهایـی، چسـبیده بـه زمیـن همسـایه، خـودش را تـا جایی‌کـه می‌توانسـته در دل سـاختمان جـا کـرده اسـت. کارِ سـاخت کـه تمام شـد، بابـا واحد گوشـهٔ طبقهٔ سـوم را برداشـت کـه مُشـرف اسـت به درخت ارغـوان و چند شـاخه‌اش خودشـان را

تا بالکن رسانده‌اند و هر بهار آن را پر از گل‌های ریز ارغوانی و برگ‌های قلبی‌شکل می‌کنند. بعد از اتمام کار ساخت خیلی زود به مجتمع ارغوان نقل مکان کردیم و همان ساعت اول، اتاقی که پنجره‌اش چشم‌اندازی به کوه‌های توچال داشت، شد اتاق بابا که بیشتر وقتش را در آن می‌گذراند. اما حالا چند روز است که از توچال خبری نیست.

سال پیش، اوضاع حجره از همیشه بدتر شد. نزدیک بود بابا همه‌چیز را بفروشد و خود را خلاص کند. بعد از ساخت مجتمع ارغوان توانسته بودم در شرکت اسم‌ورسم‌داری کار بگیرم. کارم حقوق و مزایای خوبی داشت. حتی توانستم فوق لیسانسم را هم حین کار بگیرم. اما همیشه از زندگی کارمندی بدم می‌آمد. پیش از رفتن مادر، از چند دانشگاه آمریکا و کانادا برای دکترا پذیرش گرفته بودم که بعد بی‌خیالشان شدم؛ انگیزه‌ام را برای ادامهٔ تحصیل از دست داده بودم. فکر کنم من هم افسردگی گرفته بودم، اما کسی حواسش به من نبود، خودم هم همین‌طور. حالا دیگر کار هم برایم جذابیتی نداشت. هر روز دیرتر از روز قبل سر کار می‌رفتم و روزمرّگی حسابی کلافه‌ام کرده بود. فکر کنم صادق هدایت است که گفته در زندگی زخم‌هایی هست که مثل خوره روح آدم را می‌خورد یا چیزی در همین حدود. برای من روزمرّگی آن زخم است.

تصمیم عجیبی بود، اما خیلی راحت آن را گرفتم؛ استعفا دادم و از اول سال، بعد از تعطیلات نوروز، رفتم بازار آهنگرها، حجرهٔ آجیل‌فروشی حاجی را دست گرفتم. اسمش هنوز حتی در نقشه‌های شهری بازار آهنگرهاست، اما حالا دیگر به‌جز یک تک‌حجرهٔ کوچک، آهنگری نمانده است؛ همه آجیل‌فروش شده‌اند. هنوز یک‌سال نشده، فوت‌وفن کار دستم آمده، آن‌قدر که دیگر حتی وقتی به بابا گزارش می‌دهم زیاد گوش نمی‌کند؛ خیالش تخت است. خیلی زود همهٔ رابطه‌ها را

شناختم. خیلی زود چم‌وخم کار دستم آمد. با بابا فقط دربارهٔ آدم‌ها حرف می‌زنیم. من می‌پرسم فلانی چطور آدمی‌ست؟ و جواب‌های بابا بی‌نظیر است. با کی فقط باید نقدی کار کرد، از کی تا چقدر می‌شود چک گرفت، به کی همین که تلفن زد، بارش را بفرستم و هیچ تعلل نکنم. فکر کنم تا چند وقت دیگر خود حاج آقا امینی شده باشم به اضافهٔ یک لپ‌تاپ و سرعت عمل بالاتر و البته گاهی ریسک بیشتر. پنجشنبه‌ها تا ظهر، حساب‌های هفته را می‌بندیم و بعد تعطیل می‌کنیم. روزهای عادی، مترو بهترین وسیلهٔ رفت‌وآمد است، اما پنجشنبه‌ها باید فرقی داشته باشد؛ پنجشنبه‌ها با موتور می‌روم بازار.

موتورسواری من هم از آن چیزهایی است که مامان‌زری هیچ‌وقت باهاش کنار نمی‌آمد، اما حالا که دیگر هیچ‌جوری احتمال ندارد بهش آسیبی برسد، گاهی ترکم سوارش می‌کنم تا عشق کند. توی محلهٔ قدیمیِ ما، همهٔ پسرها عشقِ موتور بودند. همه می‌خواستند روزی موتور هزار داشته باشند. اولین موتورم را دانشگاه که قبول شدم، بابا برایم خرید. مامان چند روز با هر دوی ما قهر کرد، اما بابا قول داده بود و سر قولش ایستاد. دلم یک موتور خاص می‌خواست. البته واضح بود که موتور هزار نمی‌شد خواست. بابا یک وسپای ایتالیایی برایم گرفت؛ یک وسپای فیروزه‌ای. رنگش بی‌نظیر بود. ظریف بود و سواری‌اش هم حرف نداشت. اما من با این قد یک متر و هشتاد و دو سانتی و هیکل درشتم، راکب خوبی برایش نبودم. هر روز هم کلی پول بابت پارکینگ می‌دادم؛ موتوری نبود که بشود همین‌طور توی خیابان به میله‌ای، حفاظی، زنجیرش کرد. بعد از وسپا، مدت کوتاهی رکس گرفتم. اما با رکس توی محل خیلی خوبیت نداشت، یک‌جوری به چشم همسایه‌ها انگار بچه‌قرتی شده بودم. دههٔ شصت بود که اکثر متدیّن‌های

محـل هونـدا ۱۲۵ داشـتند و بچه‌قرتی‌هـا، آن‌ها که پشتِ مو بلنـد می‌کردند و دنبـال دختردبیرسـتانی‌ها می‌افتادنـد، رکس داشـتند. بـا اینکـه دهـه‌ای گذشـته بـود، امـا نـگاه مـردم عـوض نشـده بـود. بعـد از مـرگ مامان‌زری، رکس را کـه خیلـی وقت بـود گوشهٔ حیـاط خاک می‌خـورد، فروختم. بـه موتـور نیازی نداشـتم. تا ماجرای سـاخت خانه شـروع شـد. مدتی مثل بچهٔ آدم هونـدا ۱۲۵ خریـدم، امـا چشـم دنبـال چیزهایـی دیگـر بـود. بـرای من کـه عمـری عاشـق سـوزوکی ۱۰۰۰ مـدل هشـتاد بـودم، سـوار ۱۲۵ شـدن، دست‌شسـتن از تمـام آرزوهـا بـود. مدتـی رفتـم سـراغ خریـد قدیمی‌ترهـا، موتورهـای دست‌دوّم تمیـز از آدم‌هـای موتورباز. یـک یاماهـای ۴۰۰ ببریِ سـفیدِ خیلـی تمیز گیرم آمـد و یک سـوزوکی آر.اف ۴۰۰ جگـری. هرچقدر بـا اولـی حـال کـردم، خیلـی زود از خریـدن دومـی پشـیمان شـدم؛ این‌جور موتورهـای اسـپرت سـبک مـن نیسـتند. دوباره رفتـم سـراغ ببریِ خـودم، اما صاحـب جدیـدش راضـی نشـد آن را بـه مـن بفروشـد. حق هم داشـت، مثل دسـتهٔ گل تحویلـش داده بـودم. در آخریـن وسوسهٔ موتوری‌ام بـه ایـن خانه کـه آمدیـم، یـک هیوسـانگ آکویـلا ۲۵۰ خریـدم؛ مشـکی اسـت بـا بـاک دورنگِ مشـکی و زرد؛ یک‌جـور زردِ نارنجیِ خیلی چشـم‌نواز که سـپرهای جلـو و عقـب هـم بـه همـان رنگ‌انـد. صدایـش بی‌نظیـر اسـت. گازش را کـه می‌گیـرم، جـاده را می‌خـورد. وقتـی پشـتش نشـسته‌ام، احسـاس می‌کنم همه‌چیـز ممکـن اسـت، احسـاس می‌کنـم در زندگی بـه هر چیـزی بخواهم، خواهـم رسـید، احسـاس خوشبختی می‌کنـم. از در کـه وارد می‌شـوی، آکویـلا از پشـت گالانتِ زرشکیِ اتوماتیک مـدل ۹۳ بابا که دیگر حسـابی خاک‌گرفتـه و رنگ‌ورورفتـه شـده، بـرق می‌زنـد و زیر لامپ‌های قرمـز پارکینـگ، خودنمایـی می‌کنـد. بابـا می‌گویـد علـی تـا ایـن موتـور را دارد، دیگـر زن نخواهـد گرفت.

قبـل از آنکـه از خانـه بزنـم بیـرون، بـه بابـا سـر زدم. دراز کشـیده بـود. بهـش گفتـم یـک وقت بـا ایـن حالش بلند نشـود بـرود بهشـت زهـرا. گفتم امـروز مـن مـی‌روم به مامان سـر می‌زنـم. نمی‌دانم چطور شـد ایـن را گفتم. راسـتش مـن از خـودم ایسـتاده بـالای قبـر مامـان خوشـم نمی‌آیـد. همه‌اش معذبـم. بـه خـودم می‌گویـم تو کـه روزی دو سـه بـار باهاش گـپ می‌زنی، آمـدی اینجـا بـالای استخوان‌های خاک‌شـده‌اش کـه چـه. بابا سرش را از روی بالـش بلنـد کـرد، بـا تعجبـی کـه سـعی می‌کرد کمی اغراق‌شـده‌تر هم به‌نظـر برسـد، گفـت: «چـه عجـب! تـو حالـت خوبـه امـروز؟!» احسـاس آرامـش می‌کـردم، روز تولـد نیلو بـود و تصمیـم گرفته بودم بهـش زنگ بزنـم و باهـاش قـرار بگـذارم. بـه بابا لبخنـد زدم و گفتـم مواظب خودش باشـد و اگـر کار داشـت زنـگ بزند.

۲

ناصـر زیر دوشِ توالـتِ کوچکِ پارکینـگ داشـت آواز می‌خوانـد کـه درِ شیشـه‌ای ورودی از راه‌پلـهٔ غربـی بـا سـروصدای زیـاد بـاز شـد. لولاهای این در چنـد وقت بـود کـه خـراب بـود و خانم‌دکتـر کـه تازگی‌هـا مدیـر سـاختمان هـم شـده بـود، چندیـن بـار بـه ناصر گوشـزد کـرده بود که درسـتش کند و او پشـتِ گـوش انداختـه بـود. بـا شـنیدن صـدای در، از حـال خوشـش بیـرون آمـد و ادامـهٔ آواز یـادش رفت. فحشـی نثار در کرد و شـیر آب را بسـت. صبر کـرد تـا کسـی کـه وارد پارکینـگ شـده بـود، بـرود امـا صـدای روشن‌شـدن ماشـینی نیامد. بـا آنکه دوسـت نداشـت کسـی بـا ایـن ریخت‌وقیافـه ببیندش، حوصلـهٔ مانـدن در آن دخمه با سـقف کوتاه را هم نداشـت. بـا موهای خیس و زیرپیراهـن آسـتین‌حلقه‌ای و شـلوار کُـردی، حولـهٔ کوچکی روی سـرش

انداخت و بیرون آمد. علی با کاپشن و دستکش و کلاه کنار موتور ایستاده بود و طبق برنامهٔ هر روز تک‌سیگار صبحگاهی‌اش را دود می‌کرد. ناصر که او را با آن سروووضع دید، کمی سردش شد. سریع سلام کرد. گفت: «بیا یه وقت نچای مهندس!» و الکی به حرف خودش خندید. رفت سمت اتاقش، اما زود یادش افتاد که با او کار داشته. گفت: «چه خوب شد دیدمت، این کامپیوتر من دو روزه مشکل پیدا کرده. یه نگاهی بهش می‌ندازی، علی‌جون؟» علی گفت: «نه بابا! از کِی شدم علی‌جون، ناصرجون؟ دیگه مثه اینکه راستی‌راستی داری بچه‌تهرون می‌شی!»

ناصر هم‌زمان با ساخت خانه همراه یکی از دوستان برادر بزرگش که جوشکار بود، آمده بود آنجا. تازه سربازی‌اش را تمام کرده بود. بچهٔ سربه‌راه و حرف‌گوش‌کنی به‌نظر می‌رسید و علی که آن‌موقع دیگر رسماً مهندس مقیم کارگاه بود، استخدامش کرد. قرار بود فقط نگهبان باشد، اما کارهای کارگری روزمزد هم می‌کرد. برای کارگرها خرید می‌کرد و اگر بیکار بود و وقت داشت، برایشان ناهار و چای هم ردیف می‌کرد. اشکنه و دمپختکش حسابی طرفدار داشت و وقتی قرار بود جشن بگیرند، ماکارونی درست می‌کرد. خلاصه در ساخت مجتمع ارغوان به اسم نگهبان همه‌کاره و هیچ‌کاره بود. بعد از تمام‌شدن کار ساخت هم به‌عنوان سرایدار از اتاق نگهبانیِ دم در که دیگر خرابش کرده بودند به اتاقِ ده دوازده متری‌ای که به همین منظور در پارکینگ ساخته شده بود، نقل مکان کرد. علی خیلی موافق نبود، اما وقتی ناصر اصرار کرد، او هم توصیه‌اش را کرد.

ناصر دوست نداشت کسی داخل اتاقش را ببیند. همیشه اگر کسی کاری داشت، می‌آمد بیرون باهاش حرف می‌زد یا لای در را فقط آن‌قدر باز می‌کرد که یک چشمش پیدا باشد. اما علی با بقیه فرق می‌کرد

و بـرای درست‌کردن کامپیوتـرش بایـد او را بـه اتاقـش راه مـی‌داد. پنجشـنبه بـود؛ روز تولـد نیلـو و علـی کلـی کار بـرای انجام‌دادن داشـت. اما خیلـی وقـت بـود جز سـلام و احوالپرسـی با ناصـر گپی نزده بـود. این بـود که کلاه و دسـتکش را درآورد و بـا ناصـر بـه اتـاق سـرایداری رفت.

اولیـن چیـزی کـه توجهش را جلـب کـرد، کثیفـی و به‌هم‌ریختگـی اتاق بـود. بـوی تهـوع‌آوری هـم در اتـاق می‌آمـد. زمـان سـاخت خانـه کـه تمـام خانه‌هـای اطـراف در لایـه‌ای از خـاک فرو رفتـه بودنـد، ناصر اتـاق نگهبانيِ کنـار در ورودی را کـه تنهـا بازمانـده از خانـۀ قدیمـی بـود، مثل دسـتۀ گل نگـه مـی‌داشت. هر چیـز به‌دردخـورِ باقی‌مانده از صاحبـان قبلی خانه را با وسـواس در آن اتـاق کـه نسـبتاً بـزرگ و دو برابر این اتاق سـرایداری بود، جمع کـرده بـود؛ از اجـاق گاز چهارشـعلۀ رومیزی کـه البتـه روی زمیـن گذاشته شـده بـود، پشـتی‌ها و فرش‌هـای ماشـینيِ لاکيِ قدیمـيِ رنگ‌ورورفته، یخچـال ارج دودَر کـه با رنگ شـکلاتی و نسـکافه‌ای و پوشـش طرح‌دار روی درِ کوچکـش، یک‌جورهایـی شـاهِ اتـاق بود، تـا تلویزیـون پـارس ۱۴ اینچی کـه یـک آنتـن رومیـزی کنارش بـود و ضبط‌صـوت کتابـی و کلـی نوارهـای قدیمـی از داریـوش و ابـی و گوگوش که روی جلدشـان برچسـب عکس‌هـای خواننده‌هـا هم باسـلیقه چسـبانده شـده بود و ناصر قبل از خراب‌کردن خانه در یکـی از کمددیواری‌هـا پیـدا کـرده بود و مرتـب کنار ضبطِ کوچک چیده بـود. یـک کانایۀ فرسـوده هم بـود که نشـیمنش گود شـده بـود و ناصر چند پتـو روی نشـیمنش گذاشـته بـود کـه بـالا بیایـد و علـی و مهمان‌هایـش کـه می‌آمدنـد، بتواننـد راحـت رویـش بنشـینند و موقع خـواب هم همـان پتوها را زیـر و رویـش می‌کشـید. هیچ‌کـس حـق نداشـت بـدون اجـازه و بـا کفش داخـل اتـاق نگهبانـی شـود. امـا حـالا در اتـاق سـرایداری، نـه خبـری از آن وسـایل بـود نـه از آن نظـم و ترتیـب؛ نیمی از عـرض اتـاق را میز کامپیوتر و

صندلی پشتش اشغال کرده بود و نیمی دیگر را یک کاناپهٔ تختخواب‌شو بین میز کامپیوتر و کاناپه هم گلدانی پنجه‌غازی روی قفسه‌ای پلاستیکی گذاشته شده بود که زیاد هم سرِحال نبود؛ ساقه‌های باریکِ بی‌حالِ بی‌برگش که به اطراف ولو شده بودند، نشان از کمبود نور داشت. تنها چیز ویژهٔ اتاق از نگاه علی چند دمبل و وزنهٔ کوچک بود.

هرچه چشم چرخاند، از آن عکس معروفِ اتاق نگهبانی که پایین آینهٔ گردِ آویخته از دیوارِ کنار یخچال زده شده بود هم نشانی نبود. در آن عکس ناصر با عینک آفتابی ارزانی به چشم و پیراهن ورزشی آستین‌کوتاهِ شمارهٔ هشتِ پرسپولیس، نیم‌رخ، معلق میان زمین و آسمان، وسط جنگلی سرسبز، کنار یک آبشار فتوشاپ شده بود و دست چپش به عینک آفتابی بود. علی دوست داشت به‌خاطر این عکس سربه‌سر ناصر بگذارد و این عکس را به هر کسی که برای اولین بار به کارگاه می‌آمد، نشان می‌داد و می‌گفت ناصر جمعه‌ها با این تیپ می‌رود تجریش مخ دخترپولدارهای تهران را می‌زند و از آن‌ها بوس و سواریِ مجانی می‌گیرد. آن‌ها می‌خندیدند و ناصر سرخ می‌شد، اما به دل نمی‌گرفت. درست که علی زیاد سربه‌سر ناصر می‌گذاشت، اما تنها کسی هم بود که هوایش را داشت و نمی‌گذاشت حقّش را بخورند. یک‌جور رابطهٔ عجیبی بینشان بود، هم ناصر را آزار می‌داد هم هوایش را داشت. گاهی که دلش می‌گرفت، آخر روز می‌آمد در اتاق ناصر و می‌گفت: «آقاناصر، هوا بدجوری داریوشی شده، یکی از این نوار قشنگ‌هات رو بذار یه نخ سیگار با هم دود کنیم!». وقتی کار ساخت مجتمع ارغوان تمام شد، به ناصر پیشنهاد داد با او به کارگاه جدیدی برود. اما ناصر قبول نکرد. ناصر از زمان گرفته‌شدن آن عکس خیلی تغییر کرده بود. دیگر به‌جز وقتی که زیر دوش آواز می‌خواند یا با موبایل با شهرستان حرف می‌زد، لهجه

نداشت. موهایش را هم بلند کرده بود و از پشت می‌بست. گاهی سبیل می‌گذاشت، گاهی ریش و سبیل، گاهی فقط بخشی از ریش مثلاً زیر چالِ لبِ پایین. دیگر قیافه‌اش شبیه سرایدارها هم نبود، چه برسد به نگهبانِ کارگاهِ ساختمانی.

کامپیوتر، یک پنتیوم ۲ قدیمی بود که با کابل به اینترنت وصل می‌شد. چند هفته‌ای بود که کُند شده بود، برای بازکردن هر صفحه و هر فایل به‌قول ناصر کلی فکر می‌کرد و دست آخر هم هنگ. گاهی هم آیکونی روی دسکتاپ می‌آمد که وقتی روی آن کلیک می‌کرد، شروع به گرفتن شماره تلفنی چندرقمی می‌کرد که ناصر این‌جور وقت‌ها سریع بلند می‌شد و کابل مودم را جدا می‌کرد. با آنکه ناصر به علی نگفت که آن آیکون، عکسِ زنی برهنه است، علی با پوزخند به او نگاه کرد و گفت: «خب کمتر برو سایت‌های بد بد!» ناصر باز نخودی خندید و گفت: «واقعاً به‌خاطر اون‌هاست؟» علی گفت شاید اگر چندین ساعت وقت بگذارد بشود درستش کرد، اما بهترین کار این است که ویندوز را مجدد نصب کنند. گفت اگر وقت کند، خودش فردا ظهر این کار را برایش می‌کند.

می‌خواست از در بیرون برود که ناصر بی‌مقدمه پرسید: «علی! تو هنوز دوست‌دختر نداری؟» علی جوابی نداد. ناصر ادامه داد: «زن هم که نداری. پس چی‌کار می‌کنی؟ من که دیگه از دیدن این فیلم‌ها خسته شدم!» و بعد دوباره باز نخودی خندید. علی گفت: «خب چرا زن نمی‌گیری؟ به مامانت بگو برات یه دختر خوشگل نشون کنه!» ناصر گفت: «از سر گُلدکوئیست میونه‌م باهاشون شکرابه! فکر می‌کنن سرشون کلاه گذاشتم. بابام می‌گه هروقت خواستی پول خواهر برادرهات رو پس بدی، بیا. نمی‌دونه همون چندرغازی که پس‌انداز کرده بودم هم به باد

دادم. تـازه زن گرفتـم، بعـد چـی‌کارش کنـم، بیارمش اینجـا؟ اینجام کـه معلوم نیسـت دیگـه باشـم. حـالا بـذار مشـتری بـرای ایـن واحـد چهـارده پیـدا کنم، وضعـم تـوپ می‌شـه. اگه مـن مثـل تو بـودم، اگه فقط چشـمای تو رو داشـتم... همیـن دو تـا دختر مشـهدی‌ها، واحـد روبه‌رویی‌تون... خدایـی‌ش خوبن ها، نـه؟ به‌خصوص اون کوچیکه، چشم‌عسلیه، راه هم می‌ده، فکر کنـم اصلاً تو کفمـه، همـش بهـم نـخ مـی‌ده. یـه آقاناصـری می‌گـه کـه بیـا و ببین!»

علـی دخترهـا را می‌شـناخت. پـدر و مادرشـان ماهـی - یکـی دوبـار به آن‌هـا سـر می‌زدند، امـا به‌خاطـر کار پدر نمی‌توانسـتند بـه تهران مهاجرت کننـد. موقـع خریـد ایـن واحـد، یکـی از شـک و تردیدهایشـان ایـن بـود که علـی و پـدرش، به‌قـول آن‌هـا «دوتا مـرد مجـرد» در واحد روبه‌رویـی زندگی می‌کردند. امـا همیـن کـه حاجـی را دیدنـد، نگرانی‌شـان برطرف شـد. علی نمی‌دانسـت بـه ناصـر چـه بگویـد. هـم دلـش برایـش می‌سـوخت و هـم از دسـتش عصبانـی بـود. احتمـالاً دختر بیچاره از سـر دلسـوزی چندبـار روی خـوش بـه ناصر نشـان داده بـود و ایـن بی‌جنبه، هوا برش داشـته بـود. گفت: «خـدا خر رو شـناخت بهش شـاخ نـداد. دسـت از ایـن خیال‌بافی‌هـا بردار. الان همسـایه‌ها بهـت اعتمـاد دارن، امـا اگـر بفهمنـد هیزبـازی درمیـاری، راحت‌تـر بـا خانم‌دکتر همـراه می‌شـن.» خانم‌دکتـر از همـان روز اول مخالـف سرایدارشـدن ناصر بـود. می‌گفـت از نگاهـش خوشـش نمی‌آیـد. می‌گفـت ناصـر هیـز اسـت. ناصر سـرخ شـد. بـه خانم‌دکتر فحش داد و گفـت دارد یـک کارهایـی می‌کنـد، اگـر بتوانـد دو تا مشـتری بـرای واحدهای خالـی بیـاورد، وضعـش خـوب خواهـد شـد. اصلاً خـودش می‌خواهـد از اینجـا بـرود. علـی همان‌طـور کـه دستکش‌ها و کلاهـش را می‌پوشید، مثـل همیشـه شـروع کـرد بـه موعظه بـا نیـش و کنایـه و گفـت: «می‌دونـم یاسـین بـه گـوش خـر می‌خونـم، اما صـد بـار بهـت گفتم، بـازم می‌گـم. تو

آدم دلال‌بازی و این‌کارها نیستی. هنوز دیر نشده. اون دوستِ داداشت اسمش چی بود؟ ستار؟ برو پیش ستار و ایسا وردستش جوشکاری یاد بگیر.» ناصر موهایش را که هنوز کمی نم داشت، از پشت با کش بست. به علی نگاه کرد و گفت: «علی! موهام رو پشت می‌بندم بهتره یا باز باشه؟» علی گفت: «الآن تاس مده، تاس. خواستی بیا خودم برات از ته بتراشم.» بعد آکویلا را از جک پایین آورد و پُرگاز از رمپ پارکینگ بالا رفت. فکر کرد شاید برای خود ناصر هم بد نباشد اگر نظر خانم‌دکتر بچربد و هیئت‌امنای ساختمان عذر ناصر را بخواهد.

۳

آفتاب کم‌رمق زمستانی از پشت تودهٔ نامعلومی که هواشناسی اسمش را گذاشته غبار محلی، افتاده بود روی سنگ قبرهای تازه‌شسته‌شده. یک دسته گل میخکِ سفید که گلبرگ‌هایش حاشیه‌های صورتی خوش‌رنگی داشت از پسربچهٔ گل‌فروشی نزدیک بهشت زهرا خریدم. موتور را که نگه‌داشتم از همه‌طرف دویدند طرفم. او از همه کوچک‌تر بود و از بقیه عقب افتاده بود و برعکس دیگران موهایش تمیز و شانه‌شده بود. کنار قبر که نشستم، نمی‌دانستم چه‌کار باید بکنم. معلوم است که باید فاتحه خواند و یاسین و الرحمن یا انعامی ختم کرد؛ منظورم این‌جور آداب نیست. بار اول بود که تنها سرِ قبر می‌رفتم. مثل این بود که برای اولین بار تنها به خانهٔ فامیل رودربایستی‌داری رفته باشی. فکر کردم برای اینکه از سنگینی فضا کم کنم، بد نیست اول سنگ را بشویم. خانوادهٔ پرجمعیتی دور یکی از قبرهای مجاور زیرانداز انداخته و نشسته بودند. بعضی دعا می‌خواندند. زن میان‌سالی در سکوت کامل از قابلمهٔ

بزرگی کـه روی گاز پیک‌نیکـی کوچکـی بود، ملاقه‌ملاقه آش در ظرف‌های یک‌بارمصـرف می‌ریخـت و پسـر و دختـر نوجوانی با سـینی آن‌هـا را پخش می‌کردنـد. دبـهٔ کوچکِ سـفیدی داشتند. قـرض گرفتم. سـنگ را شسـتم و تق‌تـق بـا انگشـت زدم روی قبر. مامان با همـان پیراهن سـفید گل‌گلیِ نازک کـه صبح تنـش بـود، کنارم ایسـتاده بـود. گفت: «بی‌خیال علی جـان! به خـودت زحمـت نـده، مـادر!». پسـر نوجـوان با سـینی آش بـه سـراغم آمد، شـک داشتـم بخورم یا نه. مامـان گفت: «به‌نظـر خوب میـاد! بخور یه کم گـرم شـی! ناهارم کـه نخـوردی، مادر!» سـرِ صبر شـروع کـردم به خـوردن. شـله‌قلمکار بـود؛ پـر گوشـت بـا تنـدی‌ای به‌قاعـده، حتماً از شـب تـا صبح روی اجـاق ریزریـز جاافتـاده بـود؛ عدس‌هـا و نخـود و لوبیاهـا تـوی دهـن آب می‌شـدند، مثـل حلیـم کـش می‌آمـد. در سـرما خیلـی چسـبید.

معمـولاً بـا مامان که هسـتم، حـرف کم نمی‌آورم، اما حالا کـه برعکسِ همیشـه مـن رفتـه بودم بـه دیدنش، چیـزی برای گفتـن نداشتم. غبـار محلی کـه نمی‌توانـد باشـد. فکر کنـم دود و گـرد و خاک اسـت؛ آن‌قـدر غلیـظ که سـاعت دو بعدازظهر می‌توانسـتی یک‌راسـت چشـم بدوزی به خورشـید که بـه تـودهٔ زردِ کم‌رنگِ چرکی تبدیل شـده بـود. مامان نشسـته بـود روبه‌رویم کنـار قبر. دسـتهٔ میخـک را برداشـت و نـگاه کـرد. شـروع کرد شـاخه‌ای را پرپرکـردن. گفـت: «گل‌هـا رو بایـد پرپـر کنـی، و اِلّا برمی‌دارن می‌بـرن، دوبـاره بـه یکـی دیگـه می‌فروشـن!». رنـگ چشـم‌هایش، رنگ خیلـی خاصـی اسـت؛ یک‌جور خاکسـتریِ دودیِ بـراقِ مهربان که حـالا چین‌های کوچک زیر پلک پاییـن، مهربانی‌اش را بیشـتر هم کرده بودند. مامان جور عجیبی لبخند می‌زد. تغییـری کـرده بـود کـه اول نمی‌فهمیدم. بعـد گفتم: «موهاتـو رنگ کردی.» گفـت: «چه عجـب بالاخره فهمیدی! رنگ نکردم، امـا از اول صبـح خودبه‌خـود شـروع کرده به رشـد کردن و تیره شـدن. جوون

که بودم حسابی بلند بود. همین رنگ بود، حتی تیره‌تر. یادت میاد؟» خیلی خوب یادم است. رنگ قهوه‌ای موها به پوست سفید و چشم‌های دودی‌اش جلوهٔ خاصی می‌داد. بچه که بودم، موقعی که در آشپزخانه کار می‌کرد، می‌نشستم و نگاهش می‌کردم. می‌گفت: «چرا نمی‌ری برای خودت بازی کنی.» می‌گفتم: «دوست دارم اینجا بشینم، نگات کنم.» این را مامان هزار بار برای همه تعریف کرده بود. همین‌طور خیره مانده بودم به چشم‌هایش که گفت: «پاشو بیا یه کم راه بریم. بریم سر قبر پدر و مادرم. اونجا خیلی باصفاتره.» با پاهای برهنه‌اش از روی سنگِ قبرهای خیس که می‌گذشت، تنم مورمور می‌شد.

در قطعهٔ سی و سه کلی جوان دورتادور پدربزرگ و مادربزرگ آرام گرفته‌اند. در سکوت، بین قبرها قدم زدیم. بعد روی نیمکتی فلزی نشستیم. درختان کاج، محوطهٔ قبرستان را پوشانده‌اند، اما هر روز به تعداد کاج‌های خشک‌شدهٔ قهوه‌ای اضافه می‌شود. مامان گفت: «چقدر ساکتی؟ به چی داری فکر می‌کنی؟» گفتم: «کسی دلش برای کاج‌های بهشت زهرا نمی‌سوزه.» مامان همان‌طور که آن‌سوی نیمکت نشسته بود، گفت سرم را روی پایش بگذارم. آنجا روی نیمکت فلزی سرم روی پایش بود و انگشت‌هایش موهایم را نوازش می‌کرد. اصلاً سردم نبود. گفت: «دلت براش تنگ شده؟»

دلم برایش تنگ شده بود، اما از دستش عصبانی هم بودم. چند ماهی بود بهش زنگ نزده بودم، اما بارها در ذهنم مکالمه‌های طولانی با هم داشتیم که گاهی تمام طول شب به درازا می‌کشید. و بعد از نازکشیدن‌ها و جملات عاشقانه در تمام آن‌ها می‌خواستم به او ثابت کنم که رفتارش با من غیرمنصفانه بوده است. اینکه برخلاف پیش‌بینی هواشناسی آن بعدازظهر رگبار تندی باریدن گرفت و تا نیمه‌شب بی‌وقفه بارید، گناه

من نبـود. در کافه کلاسیک نشسـته بودیم. نیلـو همـان هات‌چاکلت محبـوبِ همیشگی‌اش را مزه‌مزه می‌کـرد و تندتند از همه‌جا تعریف می‌کـرد. من مثل مجسـمهٔ مـرد متفکر رودن، آرنج روی زانو و دسـت سـتون زیـر چانـه، فنجان اسپرسـو را در دسـت می‌چرخاندم که وسط حرف‌هایش بی‌مقدمـه گفـت چه حیف کـه پاییز تهران دیگر قشنگ نیسـت، هنـوز پاییز نشـده بـرگ چنارهـای ولیعصـر از گرما خشـک می‌شـوند و می‌ریزند. گفت دلـش هـوس شمـال کـرده، هوس پاییز شمـال. بـدون آنکـه واقعاً بهش فکر کـرده باشـم، گفتـم: «اگـه دوسـت داری با هـم بریـم.» گفت: «بـا موتور؟» مـن هـم بیشـتر از سـرِ مسـخرگی گفتم: «پـس چی؟ کِیفـش به همینه!». او جـدی گرفـت. گفـت: «صبـح بریم شب برگردیم، می‌شه؟»

«آره، خـودم چنـد بار رفتم. جـادهٔ چالوس با موتور یکـی از لذت‌هایی‌یه کـه قبـل از مـرگ حتمـاً بایـد تجربـه‌اش کنـی. فقـط ایـن فصل اون بالاهـا نزدیـک کندوان حسـابی سـرده، بایـد با خـودت لباس گـرم بیاری.»

«مطمئنی می‌شه شب برگردیم؟»

«اگـه صبـح زود حـدود شـیش راه بیفتیـم، می‌تونیـم ظهـر سی‌سـنگان باشـیم. جوجه‌مـون رو بزنیم و یک سـاعتی کنار دریا باشـیم. قبل از سـاعت دو هـم راه بیفتیـم، غروب نشـده پـلِ خـواب رو رد کردیم.»

خوشـش آمد. چشـم‌هایش بـرق زد. بدجـور جوگیر شـده بـودم. گفتم: «جوجـه و سـیخ و مخلفـات هـم بـا مـن.» گفـت: «بـا موتور؟» گفتـم: «دسـتِ‌کم گرفتـی؟ جزوِ اسپِکِ سَفَره. یه کولهٔ مخصوص دارم برای سفر بـا موتـور. جایـی نمی‌گیره.»

هنـوز واقعاً نمی‌دانـم بـدون آکویلا هـم رابطه‌مان بـه اینجا می‌رسـید یا نـه. پاییز سـال پیـش بود که بـرای کارآمـوزی آمـد شـرکت. از آن دخترهایی نبـود کـه توجه زیـادی جلب کند؛ قد متوسطی داشـت که در مقایسـه با من

کوتـاه بـود، کنارم کـه می‌ایسـتاد، به‌زور تـا بازویم می‌رسـید. هیکلـش توپر بـود و بـا آن صورت سـرخ و سـفیدِ گِردِ بچه‌گانه، کفش‌های نایک صورتی و کولـۀ گل‌گلـی، بهش نمی‌آمد دانشـجوی سـال آخر مهندسـی بـرق قدرت باشـد. در شـرکت مـا کسـی زیـاد کارآموزهـا را تحویـل نمی‌گرفت. همـه این‌قـدر سرشان شـلوغ بود کـه حوصلۀ سروکله‌زدن بـا یـک صفرکیلومتر را نداشـتند. نیلـو هـم کم‌حرف بود. تـا وقتی کسـی کاری ازش نمی‌خواست، همان‌جـا پشـت میزش می‌نشسـت و بـه کار خـودش می‌رسـید. مـن امـا از همـان روز اول ازش خوشـم آمـد. تنهـا میـز خالـی هـم میزی بـود کـه روبـه‌روی مـن بـود و هـر روز چشم‌درچشـم می‌شـدیم. برخـلاف آنکـه در نـگاه اول دختـری از هـر جهـت معمولـی به‌نظـر می‌رسـید، چیـزی داشـت کـه مـن را حسـابی جـذب می‌کـرد، چیـزی در چشـم‌هایش، شـاید برقی از تیزهوشـی. خیلـی زود تفـاوت و کارکرد مـدارک مختلف را یـاد گرفت. وقتی لاجیـک دیاگـرامِ دیـزل را چـک کـرد و از آن ایـراد گرفـت و ایرادش درسـت بـود، توجـه دیگـران هم جلب شـد. اما توجـه من از همـان روز اول بـه بافتۀ موهایـش کـه از زیـر مقنعـه بیـرون افتاده بـود، جلب شـده بود.

مامـان کـه طبق عادت همیشـگی وقتی سـرم را روی پایش می‌گذارم، شـروع می‌کنـد بـه پاک‌سـازی صورتـم، جوش‌هـای سـر سـفید را فشـار مـی‌داد و بـا ناخـنِ انگشـت اشـارۀ دسـت راسـت، ریشـم را در خـلاف جهـت رویـش مـو، بـه دنبـال موهـای زیرپوستی می‌جوریـد، ریشـی را کنـد و گفـت: «می‌گن پسـرایی کـه کمبـود اعتمادبه‌نفس دارن از دختـرای تپل‌مپـل خوششـون میـاد.» صـدای اعتراضـم کـه به‌خاطـر دردِ کنـدن مو بلنـد شـد، مـوی سـیاه کنده‌شـده را نشـانم داد و گفت: «ریشـه‌اش رو ببین! داشـت چـرک می‌کـرد، اگـر نمی‌کنـدم، از ایـن جـوش زشـت‌ها می‌شـد. داشـتی از موهـای بافتـه‌اش می‌گفتی...»

به‌خاطر عدم اعتمادبه‌نفسِ من بود یا بافتهٔ مو و برق هوش در چشم‌هایش یا روزهایی که اتفاقی سر بلند می‌کردم و می‌دیدم او هم به من نگاه می‌کند، به‌هرحال روزبه‌روز بیشتر ازش خوشم آمد. معمولاً صبح‌ها دیرتر از من می‌رسید. یک روز که اتفاقی دیرتر رسیدم، کلاه کاسکت را که دستم دید، توجهش خیلی جلب شد. اما چیزی نپرسید. من هم توضیحی ندادم. تا ظهر هروقت سرم را بالا بردم، دیدم دارد با لبخند به من نگاه می‌کند. تا قبل از آن روز همیشه خیلی جدی بود و کمتر پیش می‌آمد که لبخند بزند. بعد از ناهار دیگر طاقتش تمام شد. همین‌طور خیره در چشم‌هایم نگاه کرد و با لبخند گفت: «این هیوسانگ آکویلای معرکه‌ای که روبه‌روی در شرکت پارک می‌شه، مالِ توئه!» سؤال نکرد. انگار جواب یک مسئلهٔ لاینحل قدیمی را ناگهان پیدا کرده باشد و می‌خواست کشفش را هرچه زودتر اعلام کند. از آن روز رویه‌اش تغییر کرد. صبح‌ها کمی دیرتر می‌آمد و عصرها معمولاً زودتر از من نمی‌رفت. بعد از چند روز احساس کردم، بلافاصله بعد از من راه می‌افتد و وقتی موتور را از روی جک پایین می‌آوردم، دستکش و کلاه می‌پوشیدم و سوئیچ را می‌چرخاندم، نگاهش را روی خودم احساس می‌کردم که جایی ایستاده و من یا بهتر بگویم آکویلا را دید می‌زند.

اولین بار فقط یک هفته تا پایان کارآموزی‌اش مانده بود که تا خانه رساندمش. تازه راه افتاده بودم، نرسیده به چهارراه با خودم شرطی بستم و دور زدم. شرط را بردم. دیدم راه افتاده و پیاده به‌سمت چهارراه می‌رود. حالا که شرط را برده بودم، باید می‌رفتم سراغش. جلویش که ایستادم، صورتش سرخ شد. گفتم دوست داری امتحان کنی. خندید. نگفت نه. فقط سرش را به نشانهٔ نه بالا انداخت. دودل بود. اصرار کردم. گفتم اگر دوست داشته باشد، می‌توانم تا جایی

برسانمش. کمی مکث کرد. نفسش را با صدا بیرون داد و بدون آنکه حرفی بزند یا در چشم‌هایم نگاه کند، فهمیدم سوار خواهد شد؛ دیگر نیازی به شرط بستن نبود. همان کفش‌های نایک صورتی همیشگی را پوشیده بود و کولهٔ گل‌منگلی‌اش را روی دوش انداخته بود و بافتهٔ موهای مشکی بلندش از پشت مقنعه بیرون زده بود. موتور را روی جک گذاشتم. فکر کردم برایش سوارشدن سخت باشد، اما خیلی چالاک بدون اینکه کمک بگیرد، پایش را روی رکابِ ترک گذاشت و پرید بالا. کلاه کاسکت را درآوردم تا سرش بگذارد. اول گفت نمی‌خواهد. گفتم تا سرش نگذارد، نمی‌روم. گفت چه جدی و کلاه را گرفت. دست برد زیر مقنعه و بافتهٔ موهای پرپشتش را که درشت بافته بودشان از پشت آورد جلو، کنار گردنش. از توی آینهٔ سمت راست می‌دیدمش. نوک موها از جلو مقنعه بیرون آمده بود و مثل فلشی به برجستگی پستان‌ها که از روی مانتو هم پیدا بود، اشاره می‌کرد. خیلی حرفه‌ای کلاه را سرش گذاشت. فکر کردم باید قبلاً هم موتور سوار شده باشد. خیلی زیبا شده بود؛ خوش‌ژست. بهش می‌آمد که پشت موتور نشسته باشد. راست روی زین نشسته بود و دست‌هایش را ستون کمرش کرده بود که بتواند از بالای شانه‌هایم جلو را ببیند. مراعاتش را کردم؛ قوانین را رعایت کردم و از هشتاد تا تندتر نرفتم. سعی می‌کرد زین را بچسبد و تا جایی‌که می‌شد به من دست نزند، اما سه بار مجبور شد مرا بگیرد. بار سوم قبل از آنکه دستش را بردارد، دستم را گذاشتم روی دستش و همان‌جا روی پهلویم نگه داشتم. کمی که گذشت به من نزدیک‌تر شد. گرمای بدنش را روی تمام ستون فقراتم احساس می‌کردم و دلم غنج می‌زد. دست کوچکش، نرم و گرم بود. تا وقتی به خانه‌شان در سعادت‌آباد رسیدیم، رهایش نکردم. همان عصر رفتم و برایش یک

کاسکت خریـدم. با خودم شرط بسـتم کـه تمام روزهـای دیگـر هفته هم خواهـم توانسـت سـوارش کنم.

واقعـاً موتورسـواری را دوسـت داشـت. از پیـچ همـت کـه وارد مـدرس می‌شـوی، هـوا چنـد درجـه‌ای خنک‌تـر می‌شـود. بـوی برگ‌هـا و تنـهٔ خیس درخت‌هـا، بـوی جنـگل، بـوی اکسیژن می‌آیـد. بهـار و تابستان ایـن پیـچ جزء همیشـگی مسیرمان بود، نزدیکش که می‌شـدیم، کلاه را برمی‌داشت. عاشـق ایـن بـودم کـه یک چشـم بـه جـاده، یک چشـم بـه آینهٔ بغـل، نگاهش کنـم کـه سـرش را خـم می‌کرد، مقنعه را از پشـت سـرش می‌گرفت و با یک حرکـت درش می‌آورد. و بعـد بافتهٔ موهایـش را بـاز می‌کـرد تـا بـاد بپیچد تـوی موهایـش. مـن به آکویـلا تا جایـی که می‌شـد گاز می‌دادم. مرا سـفت می‌چسـبید و بـا تمـام وجـود از سـر شـوق جیغ می‌کشـید.

بـا اینکـه هفتـه‌ای دو سـه بـار همدیگـر را می‌دیدیم، بـا اینکـه مـرا بـه بعضـی از دوستان و خواهـرش معرفـی کـرده بـود و چنـد بـار هـم بـه مهمانی‌هـای خواهـرش دعوتـم کـرده بود، بـا اینکـه می‌گذاشـت در آغوش بگیرمـش و لب‌هایـش را بوسـیده بـودم، امـا هنـوز احسـاس نمی‌کـردم کـه وارد رابطـه‌ای جـدی شـده‌ایم. انـگار تمـام آن‌هـا بـازی بودنـد تـا بتوانیـم بـا هـم موتورسـواری کنیـم. بهـش زنگ کـه می‌زدم، دائـم بینمان سـکوت‌های طولانـی بـود و همیشـه مـن بودم کـه زنگ می‌زدم. وقتـی زنگ می‌زدم، تنها یـک جملـه را تکـرار می‌کـرد: «میـای با آکویـلا خوشگله بریم یـه چرخی بزنیـم؟» یکـی - دوبـار سـعی کـردم بـدون آکویلا باهـاش قرار بگـذارم، یا بهانـه آورد و نیامـد یـا اگر هـم آمد، آن نیلوی همیشـگی نبود. می‌شـد نیلوی کارآمـوز؛ کم‌حوصلـه و کم‌حـرف. و می‌خواسـت زودتـر برگـردد خانه. اما بعـد از یـک موتورسـواری کوتـاه، حسـابی سـرحال می‌شـد. می‌رفتیم کافه کلاسـیک گاهی سـاعت‌ها می‌نشسـتیم. اولیـن کاری کـه می‌کرد این بود که

شـروع می‌کـرد با مهـارت و بـه‌سـرعت دوبـاره موهایش را درشـت می‌بافت. بـدون آنکـه بهـش گفتـه باشـم، فهمیده بـود کـه از ایـن کار خوشـم می‌آید. بعد تندتنـد حرف مـی‌زد و می‌خندیـد و دسـتم را می‌گرفت. تنهـا وقت‌هـای دیگـری کـه این‌قـدر سرحال دیدمـش، چنـد بـاری بود کـه به مهمانی‌هـای نسـترن دعـوت شـدم. آنجـا نیلـوی دیگـری را می‌دیـدم. مشـروب می‌خورد و می‌رقصیـد و بلنـد می‌خندیـد. از پوسـت دختـر گوشـه‌گیرِ خجالتـی، کـه رفتـار معمولـش در میـان جمـع بـود، در می‌آمد و تبدیل می‌شـد بـه دختری اجتماعـی، بگوبخنـد، بی‌پـروا و سَبُک‌سـر. مـن کـه مشـروب نمی‌خـورم و رقصیـدن هـم بلـد نیسـتم، گوشـه‌ای می‌نشسـتم و نگاهـش می‌کـردم و بـه تلخـی فکر می‌کـردم آکویـلا برایـش مثل عرق کشمشـی اسـت کـه نسـترن انداختـه. فقط سـاقی ایـن یکـی منـم. در مهمانی‌هـای نسـترن هیچ‌وقت به مـن خـوش نمی‌گذشـت. با تمـام ایـن اوصـاف وقتی قرار سـفر را گذاشـتیم، بیشـتر به‌نظـرم یـک شـروع می‌آمـد تا پایان.

وقتـی در سی‌سـنگان جوجه‌هـا را سـیخ می‌کـردم و آتـش را روبه‌راه، آفتـابِ پاییـزی دلچسـبی تنمـان را گـرم می‌کـرد. نیلـو بـا مهربانـی نگاهـم می‌کـرد و لبخنـد مـی‌زد و هـی می‌گفت: «چـه خـوب بلدی آتیش درسـت کنـی، چـه خـوب بلـدی جوجـه سـیخ کنـی.» و می‌آمـد از پشـت بغلـم می‌کـرد یـا دسـت می‌انداخـت در بازویـم. چند بار هـم گونه‌هایم را بوسـید و گفـت بـوی دود گرفتـی. همه‌چیـز خیلـی خوب بـود. مثل همان شـروعی بـود کـه فکرش را کـرده بـودم. امـا بـاران یک‌مرتبه و بـدون اخطـار شـروع شـد. بعد از ناهـار کنـار سـاحل قدم می‌زدیم کـه ابرهـا ناگهان آمدنـد. در یـک چشـم‌به‌هم‌زدن آسـمان تیره‌وتـار شـد. بـاد شـدید و رعدوبـرق و بعد هـم رگبـار. اول هیجـان‌زده شـدیم. حتـی کمی زیـر بـاران کنار سـاحل قدم زدیـم و در کافـه‌ای چـای خوردیم. بـه هـم دلـداری می‌دادیم که یک رگبار

زودگذر است و زود تمام خواهد شد. وقتی یک ساعت گذشت و از شدت باران هیچ کم نشد، کم‌کم نیلو مضطرب شد. این بود که زیپ کاپشن‌ها را بستیم. کلاه گذاشتیم و راه افتادیم، اما امکان نداشت با آن هوا بتوانیم برگردیم تهران. به چالوس که رسیدیم، هوا بدتر شد. باد و بوران شده بود. به‌سختی می‌توانستم تعادل موتور را حفظ کنم. این بود که زدم کنار و گفتم این‌طور خودمان را به کشتن می‌دهیم، صبر کنیم باران کم شود. نیلو عصبی بود. هر چند دقیقه یک‌بار ساعتش را نگاه می‌کرد و می‌گفت باید برگردد تهران. حتی به ایستگاه سواری‌ها هم رفتیم. اما آن‌ها هم با این هوا حاضر نبودند راه بیفتند. شب که شد، دیگر یک کلمه هم حرف نمی‌زد. رفتیم در قهوه‌خانه‌ای محلی نشستیم. جلویم نشسته بود و دائم گوشهٔ ناخنش را می‌جوید. حسابی دستپاچه شده بودم و مغزم کار نمی‌کرد. می‌دانستم چاره‌ای جز ماندن نداریم. یک مرتبه یادِ تقیّدی افتادم.

تقیّدی پیرمرد خوش‌مشربی است که سال‌های آخر ازدواج با رعنا، هر بار که شمال می‌رفتیم، پیش او می‌ماندیم. حوالی نوشهر، آن بالاها، نزدیکِ کوه، خانهٔ بزرگی دارد آن‌سوی کُرک‌رود؛ با حیاطی سرسبز که با انواع گل و گیاه‌های بومی و غیربومی آراسته شده است. بازنشستهٔ محیط زیست است. اصلیتش کرمانی است. نوشهر آخرین محل خدمتش بوده که در آن ماندگار شده. از عجایب خانهٔ تقیّدی، محوطهٔ بزرگی است که با فنس آن را از همه‌طرف محصور کرده و تنها با دری فلزی به درونش راه دارد. ما اسمش را گذاشته بودیم کشتی نوح. در تمام طول سی سال خدمتش در محیط زیست، گونه‌های نادر و عجیب‌وغریب حیوانات را جفت‌جفت به این باغ‌وحش خصوصی اضافه کرده و از شهری به شهر دیگر با خودش همراه برده بود. می‌گفت چند بار گیر

افتـاده و جریمـه شـده و حتـی یک‌بـار تـا پـای انفصـال از خدمت هـم رفته و هـر بـار کل حیوان‌هـا را ضبـط کرده‌انـد و او دوبـاره از اول شـروع کـرده اسـت. می‌گفـت نمی‌توانـد دسـت از ایـن کار بـردارد. بار آخر، بـاغ پرندگان درست‌وحسـابی‌ای بـرای خـودش درسـت کـرده بـود کـه همـه‌اش را ضبط کـرده بودنـد، از فلامینگـو و پلیـکان و درنـای طنـاز و انواع قو و غـاز و اردک و آنقـوت و تنجـه و درّاج تـا کوکـر و کبـک و بلدرچیـن. می‌گفـت حتی چند عقـاب و سـارگپه هـم داشـته. چنـد سـال پیـش کـه بعـد از رعنـا بـا دو نفر از دوسـتانم پیشـش می‌رفتیـم، دیگـر پرنـده نگـه نمی‌داشـت. امـا آن‌قدر عکس از آن‌هـا نشـانمان داده بـود و از فرق‌هـایشـان گفتـه بـود کـه پاک پرنده‌شـناس شـده بودیـم. بهـش اجـازه داده بودنـد قوهـای سـیاه و درناهـای طنـازش را کـه بومـی ایـران نیسـتند، نگـه دارد. یـک جفـت از آن‌هـا در آبـرو و برکـۀ مفصلـی کـه در محوطۀ کشـتی نوح درسـت کـرده بـود و از رودخانـه برایش انشـعاب گرفتـه بـود، روزگار می‌گذراندنـد. یـک جفت لاک‌پشـت عقـابی و سـمندر لرسـتانی هـم از دیگر مهمان‌هـای برکه بودنـد. اما برای مـن از همه جذاب‌تـر سـنجاب‌های راه‌راه بودنـد کـه تقیّـدی ادعـا می‌کـرد از بلوچسـتان آورده و در طـول روز دائـم بیـن درخت‌هـا در حـال جسـت‌وخیز بودنـد. خانـه دوطبقـه بـود و دونبـش. تقیّـدی بـرای طبقـۀ پاییـن دری جدا بـاز کرده بـود کـه مسـتقل شـود و لازم نباشـد مسـافرهایی کـه آن را اجـاره می‌کننـد، از داخـل بـاغ بگذرنـد. البتـه به‌نظـرم دلیـل اصلـی او بـرای این جداسـازی آن بـود کـه کشـتی نوح را از چشـم نامحرم‌مـان دور نگـه دارد. چنـد بـاری کـه به خانـه‌اش رفتیـم و دیگـر دوسـت شـده بودیـم، مـا را کـه گوش‌هـای خوبـی بـرای خاطـرات بی‌شـمارش بودیـم بـه بهشـت مخفـی‌اش راه داد. امیـدوار بـودم کـه هنوز شـماره‌اش را در گوشـی‌ام داشـته باشـم.

شـمارۀ خانـه‌اش را داشـتم. چنـد بـار بهـش زنـگ زدم. هیچ‌کس گوشـی

را برنداشت، امـا فکـر کـردم تـا آنجـا کـه راهی نیسـت، مـی‌ارزد یک‌سـری هـم بزنیـم. فکر دیگـری به ذهنم نمی‌رسـید. فکرِ مانـدن در جایـی غریبه با نیلـو برایـم مثـل کابوس بود. به نیلو که گفتـم، باز جوابی نـداد. ده دقیقه‌ای همان‌جـا نشسـتیم. بـه مـن نـگاه نمی‌کـرد، باران را نـگاه می‌کـرد. انـگار اگـر زیادتـر نگاهـش کنـد، بنـد خواهـد آمد. بعـد از مدتـی زیرلـب گفت: «حـالا بـه بابـا چـی بگـم.» از وقتی نسـترن طـلاق گرفتـه بود، پـدرش روی او حساسـیت بیشتری نشـان می‌داد. بـه نسـترن زنگ زدیـم. قرار شـد من با او صحبـت کنـم. بـا هـم رابطۀ خوبـی داشـتیم. یک‌بار هـم نیلو بـا لحنی که نفهمیـدم شـوخی اسـت یـا دارد طعنه می‌زنـد، گفت من نسـترن را یـاد بابک می‌انـدازم، فقـط از قضـای روزگار مـن هـم مثـل بابـک دختـر دیگـری را هم به‌جـز نسـترن دوسـت دارم. وقتی بهـش گفتـم کـه به‌جـز او کس دیگـری را دوسـت نـدارم و نسـترن خواهـر اوسـت و ایـن حرف‌هـا چیسـت، خندیـد. گفـت مـن و بابـک هم‌سـنیم و او هـم عشـق موتور اسـت بـا این تفاوت که موتورهایـی را کـه من سـوار می‌شـوم، او توی خـواب هم نمی‌توانسـت ببیند.

نسـترن اول شـوکه شـد. بعـد خندیـد، شـوخی کـرد، دسـتم انداخت که چـه ناجنسـی‌ام، چه کلکی سـوار کرده‌ام که شـب با نیلو باشـم. دسـت آخر گفـت یـک کاری‌اش خواهـد کرد. بـه نیلو بگویـم موبایلـش را خاموش کند و نگـران چیـزی نباشـد. فقـط من حواسـم را جمع کنـم که اگر کاری دسـت نیلـو بدهم، بـا او طرفم.

بـرای نیلـو از وراج‌بـودن تقیّـدی گفتـم. اینکـه خـود را بـرای سـاعت‌ها گوش‌کـردن بـه خاطره‌هایـش از ماجراهایـی کـه بـا شـکارچی‌های غیرِمجاز و محلی‌هـا و حیوانـات وحشـی داشـته، آمـاده کند. از کم‌خواب‌بـودن تقیّـدی، از اینکـه مـا را تـا نیمه‌های شـب بیدار نگه می‌داشـت بـه حرف‌زدن و بعـد صبـح زود، آفتاب‌نـزده، از سـروصدایش در بـاغ، نمی‌شـد خوابیـد.

پرسید تنهاست یا زن و بچه هم دارد. گفتم زن و یک پسر دارد، اما ما پسرش را فقط یک‌بار دیدیم. دانشجو بود.

در طول راه تا جایی‌که می‌توانست خودش را پشتم جمع کرده بود. حسابی سردش شده بود. سرمای دستش را حتی از روی کاپشنم احساس می‌کردم. شلوارهایمان از بارش مورب باران خیسِ خیس شده بود. اما من حسابی گرم بودم. زیر پل، وقتی پیچیدیم داخل فرعی روستا، باران ناگهان کمتر شد. چند ساعتی از غروب گذشته بود، اما هنوز فانوس‌ها و چراغ‌ها در گورستانِ باصفای روستا چشمک می‌زدند و مردم بی‌اعتنا به باران، رفت‌وآمد می‌کردند. آسفالتِ خیابان اصلی نسبت به چند سال قبل بهتر شده بود و ماشین‌های جدیدتری در خیابان می‌دیدی. تا انتهای روستا رفتیم. قبل از خارج‌شدن از ده و گذشتن از کرک‌رود، روبه‌روی آخرین بقالی ایستادم. چه تقیّدی خانه باشد چه نباشد، باید چیزی می‌خوردیم. نان و کالباس و نوشابه و چیپس گرفتم. از در مغازه بیرون می‌آمدم که وارد شد. اول نشناختمش. ریش بلندی گذاشته بود. موهایش سفیدتر شده بود. چشم‌هایش که همیشه از زور کم‌خوابی کوچک اما شفاف و سرزنده بود، کوچک‌تر و بی‌فروغ شده بود. اما لبخندش، همان لبخند قدیمی بود. بلافاصله من را شناخت.

«چه عجب از این‌ورا، علی جان؟»

«اتفاقاً داشتیم می‌اومدیم خدمت شما. زنگ زدم اما برنداشتید.»

«خونه نبودم.» به بیرون مغازه اشاره کرد و گفت: «این دختر خانم جوون با توئه؟»

با سر تأیید کردم. گفت: «دوباره ازدواج کردی؟»

«نه!»

«می‌خواستی شب بیای پیش من؟»

«آره، اگه امکانش باشه. راستش قرار نبود شب بمونیم، اما بارون غافلگیرمون کرد. حالا هم که دیگه نمی‌شه برگشت.»

چهره‌اش خیلی شکسته شده بود. بیشتر از این نمی‌توانستم تحمل کنم. پرسیدم: «خدای نکرده اتفاق بدی افتاده؟»

با صدای لرزان جواب داد که یک‌سال است تنها پسرش را از دست داده است. به مِن مِن افتادم. همیشه تسلیت گفتن برایم سخت بوده است. پرسیدم: «آخه چرا؟» نگاهی به سراپایم کرد و گفت وقت برای حرف‌زدن زیاد است. گفت: «خیلی وقته دیگه خونه اجاره نمی‌دم. اون طبقهٔ پایین هم دیگه غیرِقابلِ‌سکونت شده. اما زنم رفته کرمان. تنهام. می‌تونید بیاید پیش خودم، مهمون خودم باشید.» پیاده پشت سرش راه افتادیم و من ماجرا را آرام به نیلو گفتم.

لامپِ چراغ سردرِ شکسته بود. بوتهٔ گل کاغذی کنار در ورودی رشدی باورنکردنی کرده بود و آن را کامل پوشانده بود. در باغ، انبوه علف‌های هرز و گیاهان خودرو، گل‌ها را در خودشان غرق کرده بودند. ماه‌ها بود کسی حتی نگاهی هم به باغچه‌ها نینداخته بود. درِ محوطهٔ کشتی نوح چارتاق باز بود و چراغ‌هایش خاموش. ناودانی از دیوار جدا شده بود و آب از ارتفاع با صدا روی زمین می‌ریخت. جز صدای رودخانه و صدای ریختن آب روی سطحی فلزی، صدایی نبود. داخل خانه هم بوی کهنگی گرفته بود؛ بوی نا، بوی خاک مرطوب، بوی زُهمِ ماهیتابهٔ شسته‌نشده. گوشه‌های سقف‌ها تارعنکبوت بسته بود و در نشیمن، روبه‌روی تلویزیون، تشکی نامرتب، بی‌خیال و شلخته به حال خود رها شده بود. تقیّدی بیچاره کلی عذرخواهی کرد. گفت اگر می‌دانسته مهمان خواهد داشت، حتماً خانه را سروسامان می‌داده است. لباس‌هایمان خیس بود. قبل از هر چیز باید اول لباس عوض

می‌کردیم. نیلو شلوار و بلوز یدک برای خودش آورده بود. اما من چیزی نداشتم. تقیّدی گفت حتماً در اتاق نیما، پسرش، چیزی پیدا می‌کنم که بپوشم، اما خودم باید زحمتش را بکشم، از وقتی جنازۀ نیما را از آن اتاق بیرون آورده‌اند، نمی‌تواند واردش شود. حرف که می‌زد پلک پایینِ چشم چپش چنان می‌پرید که به‌راحتی قابل دیدن بود.

در اتاق، تختی یک‌نفره بود؛ میز تحریر، کتابخانه‌ای کوچک، دو صندلی، یک گیتار، پایۀ نت و زیرپایی و پوستر بزرگی از فرهاد مهرادِ خواننده در جوانی که نشسته است روی زمین، گیوه به پا دارد، تکیه داده به دیواری بتنی و کیفش که شبیه زیلوست کنارش ولو است. نه از کامپیوتر خبری بود، نه چیزی تزئینی روی میز یا روی کتابخانه. یک شلوار جین و یک بلوز آستین بلند آبی روی دستۀ یکی از صندلی‌ها افتاده بود. احتمالاً یک‌سال بود آنجا بود. این فکر ذهنم را مشغول کرد. نیما مرده بود و لباسی که احتمالاً آخرین بار با آن بیرون رفته بود، همان‌طور روی دستۀ صندلی افتاده بود. درِ کمد لباس‌هایش را باز کردم، همه‌چیز خیلی مرتب چیده شده بود. دلم نیامد یکی از آن‌ها را بردارم. همان شلواری را که روی دستۀ صندلی بود برداشتم، بوی لباس چرکی که چند ماه در کیسه مانده باشد، گرفته بود، اما به‌هر حال از شلوار خیس و گِلی خودم بهتر بود.

تقیّدی چیز بهتری از آنچه برای شام گرفته بودیم، در آشپزخانه نداشت. با هر آنچه داشتیم چند ساندویچ درست کردیم. پیشنهاد کرد برویم در بالکن بنشینیم. زیر پایمان باغ خانه بود و رودخانه در تاریکی، جایی آن‌سوی دیوار به‌آرامی می‌گذشت. باد افتاده بود در میان شاخه‌ها و برگ‌های پاییزیِ مَمرَزهای پای کوه. تصمیم گرفتم دربارۀ مرگ پسرش هیچ نپرسم. مگر اینکه خودش حرفی بزند. گفت: «فردا

حسابی آفتابی می‌شه! اگه کار ندارید، بیشتر بمونید.» موهای نیلو در رطوبت هوا فر شده بود. گفتم: «تا همین حالا هم حسابی تو دردسر افتادیم.» من و نیلو در سکوت ساندویچ‌هایمان را به نیش می‌کشیدیم و تقیّدی سیگار می‌کشید. صدای ریزش برگ‌ها می‌آمد. صدای پارس سگ‌ها. صدای رودخانه. تقیّدی گفت زنش شش ماه است ترکش کرده و به کرمان برگشته است. «همه‌ش می‌گه تقصیر منه! می‌گه ناله و نفرین این زبون‌بسته‌ها که اسیرشون کردی، دامن پسر معصومم رو گرفت. اون سنجاب بلوچی‌ها یادته؟ آخر سر بچه‌شون نشد که نشد. همه بهم گفتند برشون گردون گاندو. دلم نیومد. لج کردم. آخرش هم به‌فاصلهٔ یه هفته از هم سقط شدن. یه هفته بعد هم نعش نیما رو از خونه بردیم قبرستون. درسش تموم شده بود، هر کاری کردیم کار خوب پیدا نکرد. می‌دونستم یه چیزی مصرف می‌کنه، اما فکر نمی‌کردم مهم باشه. خوب بلد بود ظاهرش رو حفظ کنه. گفتند اُوردوز کرده. الکل و حشیش با هم مصرف کرده بود. تا ظهر تنش گرم بود، نمی‌فهمیدیم مرده، فکر می‌کردیم خوابه! ... گفتم اون‌همه حیوونی که از دست شکارچی‌ها نجات دادم، به‌خاطرشون زخمی شدم، دعای اونا اثر نکرد، اما نفرین این دو تا اثر کرد؟ هر چی گفتم گوش زنم بدهکار نبود. آخرش هم گفت، دیگه نمی‌تونه اینجا رو تحمل کنه. گذاشت رفت.»

ابرها کم‌کم کنار می‌رفتند و نیم‌قرصِ ماه، نورش را می‌انداخت روی همه‌چیز. آن‌شب بعد از شام خیلی زود رفتیم که بخوابیم. قرار شد اتاق خواب برای نیلو باشد و من در نشیمن پیش تقیّدی بخوابم. تشکم را جایی پهن کرده بودم که درِ اتاق خواب را ببینم. لای در باز بود. انگار سایه‌اش را می‌دیدم که در میان اتاق راه می‌رفت. پهلوبه‌پهلو می‌شدم و چند لحظه بعد تقیّدی این دنده به آن دنده می‌شد. هر سه بیدار بودیم

و وانمـود می‌کردیـم کـه خوابیـم. از زور خسـتگی، تنـم کرخـت شـد و آرام گرفـت، امـا ذهنـم نمی‌خواسـت بخوابـد. در ذهنـم، نیلـو بـا موهـای نم‌دار پیـچ‌دارش روی تخـت خوابیـده و آرام نفـس می‌کشـید یا آن‌هـا را درشت بافتـه و یک‌وری روی سینه‌اش انداختـه بود و از تماس خنکی‌اش با پوسـتِ تنـش، کیـف می‌کرد. انـگار در رؤیـا بودم وقتی پیکر سیاهِ نیلو مثل سـایه، خـود را از لای در اتـاق خـواب بیـرون کشـید و پاورچین‌پاورچیـن خـود را رسـاند بـه بالکـن. صـدای پایـش را روی پله‌ها شنیدم کـه به بـاغ می‌رفت. انـگار فلـج شـده بودم. چسـبیده بـودم به تشـک. نیم سـاعتی که گذشت و ازش خبـری نشـد، بلنـد شـدم و زدم بیـرون. تقیّـدی بـه پشـت آرام خوابیده بـود. دسـت‌هایش بیـرون از پتـو کنـار بدنـش صاف روی تشک افتـاده بود. بیـرون، بـاغ، آبـی بـود. برگ‌هـا آرام تـکان می‌خوردنـد. آب در رودخانـه زیـر نـور و هم‌آلـودِ مهتـاب چـون نقـره روان بـود. طبیعـت هـم بیـدار بود و سـرِ خـواب نداشـت. صـدای خش‌خش برگ‌هـای پاییـزی زیـر پایـم بلنـد بـود. ایسـتادم. گـوش دادم. صـدای پای دیگری نبـود. از نیلو خبـری نبود. دوسـت نداشـتم صدایـش کنم. ناخـودآگاه بـه‌سـمت کشـتی نـوح کشـیده شـدم. نـورِ مهتـاب کـه از میـان توری‌هـای مشـبکِ فنـس می‌گذشـت، علف‌هـا و گیاه‌هـای محوطـهٔ قفـس را بـه بنـد کشـیده بـود. چهارخانه‌هـای نـور و سـایه همه‌جـا گسـترده بـود، روی زمیـنِ سـخت و روی آبِ سـاکن برکـه. آن دورتـر نیلـو زیـر نـور شـطرنجیِ مهتـاب تکیـه داده بود بـه درخت لخـت گـردو. از روی برگ‌هـای زرد و قهـوه‌ای گـردو کـه می‌گذشـتم، فکـر کـردم متوجـه آمدنـم شـده اسـت، اما وقتـی کنارش رسـیدم و دسـتم را روی شـانه‌اش گذاشـتم، ترسـید. چهـره‌اش زیر نور مهتـاب، رنگ‌پریده شـده بود و سـایهٔ تـوریِ فنـس، روی آن نقـش انداختـه بـود. هـر دو در قفـس بودیـم. گفـت خوابـش نمی‌بـرده، آمـده کمی هـوا بخـورد. دسـتش را گرفتم؛ سـرد

بـود. کنـارش نشسـتم. ژاکتی که نمی‌شناختم روی شانه‌اش بـود. گونه‌اش را نـوازش کـردم. در آغـوش گرفتمـش. مقاومتی نکـرد. موهایش نـم‌دار بود. دسـتم تنـش را نـوازش می‌کـرد؛ خنـک بـود. چشـم‌هایش ترغیبـم می‌کرد؛ اغواگرانـه بـود. لبانـش نیمه‌باز بود. لبانش را بوسیدم. دستش تنـم را نوازش می‌کـرد. گفـت: «چـه گرمـی!» اولیـن بار بـود که وقت بوسـیدن به‌جـز آنکه بگـذارد ببوسـمش، کار دیگـری هـم می‌کـرد. او هم مرا بوسـید. لـب پاییـنم را بیـن لب‌هایـش گرفـت و مکیـد. زبانـش را در دهانم گذاشـت؛ گس بود، شـیرین بـود. مثـل خـواب بـود. انگـار دختر دیگری شـده بـود. دسـتم روی پسـتانش لغزیـد. نزدیک‌تـر شـد. تصمیـم جدیـدی گرفتـه بـود. آرام روی زمیـن، روی برگ‌هـای پاییـزیِ هنوز خیسِ گردو دراز کشـید. مـن روی آرنج بـودم کـه وزنـم را رویـش نینـدازم. در میان بوسـه‌ها، بـرای یک لحظـه، فقط بـرای یـک لحظهٔ کوتـاه و گـذرا تصویـر چشـم‌های غمگیـن رعنـا جلـوی چشـمم آمـد. رعنـا ایـن خانـه و تقیّـدی و زنـش را خیلـی دوسـت داشـت. تعلـل کـردم. نیلـو انگار از خـواب بیـدار شـد. همان یـک لحظه کافـی بود کـه بـه خـودش بیایـد. خـودش را جمع کـرد. دسـتم را از روی پسـتانش کنار زد. بلنـد شـد و نشسـت. من نمی‌خواسـتم سـریع از جای خودم بلند شـوم. راه افتـاد به‌سـمت دیگـر بـاغ، انتهـای کشـتی نـوح، به‌جایـی کـه روی دیوار حفـره‌ای بـود بـرای ورود آب رودخانـه بـه آبگیر. مسـیر را بسـته بودند و آب دیگـر جریان نداشـت. بلند شـدم و دنبالش بـه‌راه افتادم. کنارش که رسـیدم، دسـتم را گرفـت. گفـت: «بیـا کمـی قـدم بزنیـم و بعد مثل بچه‌هـای خوب بریـم بخوابیـم. اگـه می‌شـد فقط کنار هـم بخوابیم، بـدم نمی‌اومـد حالا که تقیّـدی خوابـه، اون تخـت اتـاق خواب رو باهات شـریک می‌شـدم. اما مثِ اینکـه امکانـش نیسـت!» از کنایه‌اش سـرخ شـدم. کنار پله‌ها لبم را سـریع بوسـید و گفت درِ اتـاق را از داخـل قفـل می‌کند. گفت امیدوار اسـت من

ناراحت نشـوم، امـا اگـر ایـن کار را نکند تـا صبح خوابش نخواهـد برد.

وارد سـاختمان کـه شـدیم، جـای تقیّـدی خالـی بـود. نیلو به اتـاق رفت و در را پشـتش بسـت. معلـوم نبـود تقیّدی کجاست. در توالـت و حمـام و اتاق‌هـا نبـود. وقـت خوبی بـود کـه خـودم را راحت کنـم. اما نمی‌خواسـتم ایـن کار را بکنـم. احسـاس عجیبـی بود. انـگار ایـن برانگیختگی عاشـقانه، چیـز مقدسـی بـود و نبایـد آن را بـا خودارضایی آلـوده می‌کردم. کنار سـرم، روی شـقیقه‌ها، تیـر می‌کشـید. به توالـت رفتـم. یـک لیـوان آب خـوردم. نمی‌دانـم چقـدر گذشـت، تنها وقتی تقیّدی دوبـاره برگشـت و سـرش را روی بالـش گذاشـت و چنـد دقیقه بعـد خرخرهـای بلند و کشیده‌اش بلند شـد، دیگر بـه‌کل بیهوش شـدم.

وقتی بـا سـردرد از خـواب پریـدم، سـاعت نزدیـک دوازده ظهـر بـود. نیلـو، صبـح زود، لبـاس پوشـیده از اتـاق خـواب بیـرون آمـده بـود. تقیّـدی می‌گفـت آن‌قـدر عمیـق خوابیـده بـوده‌ام کـه ترسـیده‌اند نکنـد بلایـی سـرم آمـده باشـد و آمده‌انـد بالای سـرم تـا از نفس‌کشیدنم مطمئن شـوند. گفت بـرای درست‌کردن صبحانـه حسـابی سـروصدا کرده اسـت که شـاید بیدار شـوم، ولـی مـن عمیق‌تـر از ایـن حرف‌هـا خـواب بـودم. بـرای نیلـو صبحانۀ مفصلـی چیـده بـود؛ نـان تـازه، تخم‌مـرغ و گوجه‌فرنگـی و خیـار و زیتـون، پنیـر و کـره و عسـل و سـه نـوع مربـا؛ بهـار نارنـج و تمشـک و شـقاقل. همه را صبـح خیلـی زود رفتـه بـود و خریـده بـود. بعـد از صبحانه، نیلـو گفته بود ترجیـح می‌دهـد بـا سـواری برگـردد. ترجیـح داده بود بگـذارد من تـا جایی کـه می‌شـود بخوابـم تـا بـا خسـتگی و خواب‌آلودگی پشـت موتور ننشـینم. چندبـار بهـش زنـگ زدم. جـواب نـداد. راه افتـادم به‌سـمت تهـران. در طول راه هـم هـر بـار کـه ایسـتادم، تماس گرفتـم امـا ازش خبـری نشـد. اس‌ام‌اس یـا به‌قـول خـودش تِکسـت دادم کـه «رسـیدی خبـر بـده!»، امـا بـاز خبـری

نشد. دلم شور افتاده بود. به تهران که رسیدم، شب شده بود. مستقیم رفتم دم خانهٔ نسترن. زنگ زدم. از پشت آیفون گفت نیلو پیش اوست، ظهر رسیده و حالش خوب است و از وقتی رسیده خواب است، طوری خوابیده که انگار چند ماه است نخوابیده. گفت بهتر است من هم بروم خانه و استراحت کنم. بیدار که شد می‌گوید بهم زنگ بزند. حالا سه ماه گذشته و نیلو زنگ که هیچ، حتی یک تکست هم نزده است.

۴

نزدیک غروب علی که از سرما مورمورش شده بود، روی نیمکتی فلزی در قطعهٔ سی و سه بهشت زهرا از خواب بیدار شد. اول از همه یاد آکویلای عزیزش افتاد. وقتی دید آنجا کنار خیابان، زیر سایهٔ یک کاج، راحت برای خودش یله داده، خیالش راحت شد. بعد بهترین کار این بود که زنگی به نیلو بزند. او حتماً جواب نمی‌داد و زنگ هم نمی‌زد. بعد خیالش راحت می‌شد. اگر حوصله‌اش را داشت، می‌توانست برود افتتاح کافهٔ محسن، و دوستان دوران کودکی‌اش را که چند وقت بود ازشان خبری نداشت، ببیند و زود هم برود خانه پیش پدر سرماخورده‌اش و کمی به او برسد. اما برخلاف انتظارش نیلو زود گوشی را برداشت. ادای غافلگیرشدن و خوشحال‌شدن را درآورد و وقتی فهمید علی برای تبریک تولدش زنگ زده، گفت امشب دوستانش در خانهٔ نسترن برایش تولد گرفته‌اند و او هم اگر دوست دارد می‌تواند به آن‌ها بپیوندد. علی ترجیح می‌داد او چنین پیشنهادی ندهد. می‌دانست در چنین مهمانی‌هایی در خانهٔ نسترن چه می‌گذرد و بهش خوش نمی‌گذشت. حتی در دلش آرزو می‌کرد ای‌کاش اصلاً گوشی را برنداشته بود. اما از وسوسهٔ دیدن نیلو

هـم نمی‌توانسـت بگـذرد. گفت حتمـاً می‌آیـد و پرسـید چه سـاعتی.

بعـد از تلفـن به نیلو بیشـتر سـردش شـد. می‌توانسـت بـرود یکـی از این خنزرپنزرفروشـی‌ها برایـش گردنبنـدی، گوشـواره‌ای، چیـزی بگیـرد. یا حتی شـال یا روسـری؛ اما روی دندهٔ لـج افتاده بود کـه خیال‌بافی‌هـای آن روزش را عملـی کنـد. این بـود که به رامین زنگ زد. بهترین دوسـتان علی، دوسـتان دورهٔ لیسـانس، چنـد سـال پیش ظرف دو سـه سـال همـه از ایـران رفتند و او بـه یک‌بـاره کامـلاً تنها شـد. چند وقت پیـش اتفاقی رامین را در بـازار بزرگ دیـد و از طریـق او دوبـاره بـه هم‌محلی‌هـای دوران کودکـی وصل شـد. بین ایـن دوسـتان کودکـی، علی تنهـا تحصیل‌کردهٔ جمع بـود. آن‌ها هـم از اینکه انیشـتینِ دوران کودکی‌شـان را دوبـاره پیـدا کرده‌انـد، خوشـحال شـدند. هر کـدام از ایـن بچه‌هـا بـرای خودشـان حکایتـی دارنـد؛ محسـن بعـد از آنکه هـزار جـور کار را امتحـان کـرده، حـالا می‌خواهـد کافه‌دار شـود، رامین در کار خریدوفـروش حیوانـات خانگـی به‌خصـوص سـگ افتـاده و آن دیگـری در سـی و انـدی سـالگی تازه تصمیـم گرفته رَپِر شـود.

وقتـی به رامین گفت همیـن امشـب یک شـیتزوی کوچکِ سـفیدِ نازنازی می‌خواهـد. او بـدون معطلـی بهش قیمت داد و قرار شـد چند سـاعت دیگر در کافهٔ محسـن، شـیتزو را بـه صاحبـش تحویل دهـد. علی انـگار بخواهد از خـود رفـع اتهـام کنـد، گفـت سـگ را بـرای خـودش نمی‌خواهـد. رامین گفـت بـرای او فرقـی نـدارد، ایـن روزهـا حتـی اگـر خـود حاجـی امینی هم بـرای سـفارش سـگ بهـش زنگ بزنـد، تعجـب نمی‌کند.

کافهٔ محسـن در زیرزمیـن پاسـاژ کم‌ترددی بـود. روبه‌روی ورودی چنـد قفسـهٔ کتاب را طـوری چیـده بودند که داخـل کافه پیـدا نباشـد. فضا کم‌نـور و دلگیـر بـود و جـز چنـد سـبد گل جلـوی در کـه هیچ‌کدامشـان ظرافـت چندانـی نداشـتند، از گل‌وگیـاه هـم خبـری نبـود. دور اکثر میزهـا،

دختـر و پسـرهای جـوان نشسـته بودنـد بـه قلیان‌کشی. فضـای کافه بیشـتر شـبیه قهوه‌خانـه بـود. بـه‌نظر نمی‌رسید مراسـم خاصـی در کار باشـد. تـازه پشـت میـزی نشسـته بـود و چـای سـفارش داده بود کـه برق رفت. حسـابی همهمـه شـد. از جایی صـدای خنده بلند شـد. در تاریکیِ محضِ زیرزمینِ بـدون پنجره، چند شـمع روشـن کردنـد و روی میز علی هـم یکی گذاشـتند. روی میزهـای دیگـری کـه شـمع بهشـان نرسـیده بـود، گوشـی‌های موبایل نـور کم‌سـویی را روی صـورت دختـر و پسـرهایی می‌انداخـت کـه سـرِ نی‌پیـچ قلیـان را بیـن هـم دست‌به‌دسـت می‌کردنـد. فضـا پـر شـده بـود از بـو و دودِ تنباکـوی میـوه‌ای. حوصلـه‌اش سـر رفتـه بـود. از رامین کـه خبری نبـود. محسـن هـم دائـم در حـال رفت‌وآمـد بـود. می‌توانسـت سـاعت‌ها در کافه‌ای روشـن و مطبوع که چشم‌انداز خوبی داشـته باشـد، وقت بگذراند. جایـی کـه بتوانـد اسپرسـویش را مزه‌مـزه کنـد و سـایت‌های خبـری را چک کنـد و بـرود بیـرون بایسـتد، سـیگاری دود کنـد و مـردم را تماشـا کنـد. امـا حاضـر نبـود حتـی پنـج دقیقـهٔ دیگـر ایـن فضـا را تحمـل کنـد؛ ایـن فضـا بی‌قـرار و افسـرده‌اش می‌کـرد. بیـرون از کافه، محسـن بـا چند دختر و پسـر روی راه‌پله‌هـا کـه کمـی روشـن‌تر از داخـل کافـه بـود، نشسـته بودنـد. علی هیچ‌کـدام از اطرافیـان محسـن را نمی‌شـناخت.

بیـرونِ پاسـاژ هوا سـرد بـود، امـا هرچه بـود از آن فضـای بسـتهٔ بویناک بهتـر بـود. سـاعت نزدیـک نه بـود کـه رامین بالاخـره پیدایش شـد. بـا دیدن چشـم‌های سـیاهِ درشـت و مهربـان سـگ، لبخنـد رضایتـی روی لب‌های علـی نشسـت. موهـای سـفیدِ سـگ، تمیـز و نرم بـود. بغلـش که کـرد، مثل نـوزادی خـودش را چسـباند به سـینه‌اش. موتـور را روشـن کـرد و راه افتـاد به‌سـمت خانـهٔ نسـترن. سـگ خیـره شـده بـود بـه خیابـان روبه‌رو و بـاد با موهـای بلنـد سـفیدش کـه چشـم‌ها را پوشـانده بـود، بـازی می‌کـرد. در راه

از خیابان هدایت که پایین می‌آمد، از کنار ناصر گذشت که با خودش حرف می‌زد و تندتند به‌سمت بالای خیابان می‌رفت. آن‌قدر حواسش به سگ بود که متوجه او نشد. ناصر هم او را ندید. درخت‌های چنارِ دو طرف خیابان، مثل اسکلت‌هایی شکننده و عریان، شاخه‌های باریک و ضعیف خود را بیهوده به‌سوی آسمان دراز کرده بودند. ناصر عصبانی بود. واحد شمارهٔ ۱۴ فروش رفته بود و خریدار همان کسی بود که او به بنگاه معرفی کرده بود، اما دورش زده بودند. بدون حضور او، بدون آنکه پورسانتش را بدهند، قرارداد بسته بودند. حسابی تحقیر شده بود. این حس برایش آشنا بود. همانی بود که وقتی گُلدکوئِست کار می‌کرد برایش پیش می‌آمد؛ همیشه دیگران بودند که مشتری‌هایش را قاپ می‌زدند. همان وقتی که داشت می‌رفت بنگاه تا حساب فرزین را برسد، جلسهٔ فوق‌العادهٔ ساختمان بود. از قبل بهش گفته بودند که در این جلسه برای ماندن یا رفتن او رأی‌گیری خواهد شد. به‌نظر می‌رسید این‌بار دیگر خانم‌دکتر توانسته دیگران را قانع کند که ناصر را عوض کنند. قرار بود یک زن و شوهر جوان جایش را بگیرند. حالا دیگر راهی برایش نمانده بود. یا باید برمی‌گشت شهرستان و یا می‌ماند تهران و می‌رفت عملگی وردست ستار. این‌همه سال وقتش را در آن پارکینگ برای هیچ‌وپوچ تلف کرده بود. اوایل انگیزه‌های زیادی داشت؛ در مدرسهٔ شبانهٔ بزرگ‌سالان ثبت‌نام کرده بود و بعد از سه سال دیپلم گرفته بود. حرف از این می‌زد که دوست دارد به دانشگاه برود، اما بعد دیگر پی‌اش را نگرفت. دلش خوش بود که در مجتمع بهش نیاز دارند و بیرونش نخواهند کرد.

به بنگاه که رسید، فرزین نبود یا اگر هم بود، آفتابی نشد. گفت بالاخره می‌آید که، کیفش را روی میزش دیده بود. رفت توی بنگاه نشست. بهش گفتند امشب دیگر برنمی‌گردد، اما گوشش بدهکار

نبـود. همان‌جـا یک‌سـاعتی نشسـت تا بنگاه‌دار آمـد و دو تا پنجـاه تومانی گذاشـت کـف دسـتش. گفـت ایـن را بگیـرد و بزند به چـاک که اگر بـا زبان خـوش نـرود، بـه‌زور بیرونـش می‌اندازنـد یا پلیـس را خبر می‌کننـد. پـول را پـرت کـرد تـوی صورتـش. شـروع کـرد بـه فحش‌دادن و دادوبیدادکردن. حسـابی شـلوغ‌بازی درآورد. بیرونـش کـه انداختنـد، فریـاد می‌زد کـه فـردا دوبـاره برخواهـد گشـت. گفـت: «دسـت از سـرتون برنمی‌دارم.» تمـام کاسـب‌های مغازه‌هـای کنـاری و رهگذرهـا جمـع شـده بودنـد بـه تماشـا. صـدای ماشـین پلیـس که آمد، سـنگی برداشـت و شیشـهٔ بنگاه را پاییـن آورد و بـه دو از آنجـا دور شـد.

بـاد شـدیدی می‌وزیـد و گردوخـاک زیـادی به‌پـا شـده بـود. از دویـدن نفسـش بنـد آمـده بود. وسـط زمسـتانی کـه حتی یـک برف هم نیامـده باشـد، نم‌نـمِ بـاران غنیمتـی اسـت. بـاران کـه شـروع شـود، یعنـی هـوا فـردا پـاک خواهـد شـد؛ یعنـی پایـان وارونگـی. بـا آنکـه ترافیـک شـدیدی شـده بود، خوش‌حالی را می‌شـد در چهـرهٔ مـردم دیـد؛ چـه سـواره‌ها و چـه پیاده‌هـای زیرِبـاران‌مانـده. بـه خانـه کـه رسـید، حسـابی خیـس شـده بـود. لامپ‌های قرمـز، پارکینـگ را روشـن کـرده بـود. قرمـزِ قرمـز کـه نـه، رنگ خونـی کـه بـا آب رقیـق شـده باشـد، رنگ چشـم‌هایش کـه از خشـم، از اسـتیصال، از بـاد و توفـان خیابـان بـه خون نشسـته بـود. همان‌جـا در حیاط، بـالای رمپ ورودی پارکینـگ ایسـتاده بـود کـه بـا رنـوی مگانـش آمـد. پشـتش ایسـتاد و بـوق زد کـه بـرود کنـار. ناصـر اصلاً صـدای ماشـین را نشـنیده بـود. بـا اینکـه رفـت کنـار، ماشـین روی رمپ بُکسُـوات کـرد و بوی لاسـتیکش بلند شـد. خانم‌دکتـر لیچـاری زیرلـب نثـار ناصـر کـرد و دنـده را خـلاص کـرد تـا ماشـین پاییـن بـرود و دوبـاره دور بگیـرد و بـالا بیایـد. بـا آنکـه شیشـه‌ها بـالا بـود، از لب‌خوانـی‌اش فهمیـد کـه فحشـش داده اسـت؛ «تخـمِ جن!»

خـوب می‌شـناختش. چنـد بـار دیگـر هـم شـنیده بـود کـه او را این‌طـور خطـاب کـرده بـود؛ تخمِ جن. تیرهٔ پشـتش تیر کشـید. دسـت‌هایش شروع کـرد بـه لرزیـدن. رفت داخـل اتاقکـش و در را بسـت. اتاقکـش کوچک‌تر، تاریک‌تـر و نمورتـر از همیشـه به‌نظر می‌رسـید. بزدل شـده بـود. اگر پدرش می‌فهمیـد بهـش گفته‌انـد تخمِ جن و سـرش را انداختـه پاییـن و خزیـده در لانه‌موشـش، بهـش یـادآوری می‌کـرد کـه آب‌وهـوای پایتخـت بدجور بی‌غیرتـش کـرده اسـت. ماشـین که دور گرفـت و از رمپ بـالا رفت، صدای قفـل مرکـزی‌اش را شـنید کـه درهـا را قفل کـرد. همیشـه با خـودش چاقوی کوچکـی داشـت. آن را در جیبش لمس کرد. فقط می‌خواست بترساندش. برگشـت بـه حیـاط. درِ پارکینگ هنـوز کامـل بـاز نشـده بـود. آن‌سـوی در، تاریـک بـود؛ چراغ‌هـای کوچـه خامـوش بودنـد. بـه ماشـین رسـید و زد بـه پنجرهٔ سـمت شـاگرد. خانم‌دکتر پنجـره را داد پاییـن و بـا آن چشـم‌های سبزِ سگش، زل زد بـه چشـم‌های ناصـر و گفت: «چتـه؟». ناصر بی‌حـرف، تند و فـرز دسـت بـرد تـو و قفـل در را بـاز کـرد و تـا خانم‌دکتـر آمـد بـه خودش بجنبـد، سـوار شـد. طرفـش کـه رفـت، خانم‌دکتـر فکـر کـرد می‌خواهـد ببوسـدش. بـا خـودش گفت بیـا می‌دونسـتم، همیشـه فکـر می‌کـرد ناصر بـه او نظـر دارد و دسـتش را بـالا بـرد تـا جلویـش را بگیرد. اما ناصـر مهلتش نـداد. قبـل از او دسـت چپش را گذاشـت روی دهانـش و گردنـش را بریـد. می‌خواسـت فقـط خراشـی روی گردنش بینـدازد، امـا چاقو زیـادی تیز بود. خـون فـواره شـد. آن‌قـدر به دسـتی کـه روی دهانـش را گرفتـه بـود، چنگ زد کـه خون افتـاد و جـان داد.

ناصر شیشـهٔ سـمت شـاگرد را بالا داد و پیاده شـد. درِ پارکینگ چارتاق بـاز بـود و بـا گذشـت زمـان چراغـش چشـمک می‌زد و اخطار می‌داد که می‌خواهـد بسـته شـود. گربه‌ای از لای در خزید تو و شـروع کـرد خود را به

چـرخِ ماشـین مالیـدن. بایـد عجله می‌کرد. دستپاچه شـده بود، اما سـعی می‌کـرد ذهنـش را متمرکـز کنـد. رفت به اتاقش. کاپشـنش پر از خون شـده بـود. درش آورد و در کیسـه‌ای کـرد. امـا یادش رفت بـرش دارد. یک پُلیور قدیمـی برداشـت. بـه توالـت پارکینگ رفت. چاقـو را شسـت. بعد کمی فکـر کـرد و انداختـش در چـاه توالـت. دسـت و صورتش را شسـت. پلیور را پوشـید. همـه می‌فهمیدنـد کار اوسـت. دارش می‌زدند. آن هـم بعـد از اینکـه چندیـن مـاه یـا شـاید چندین سـال در زنـدان زجرکشـش می‌کردند. از رمـپ که خواسـت بـالا برود، دیـد چـراغِ درِ پارکینگ چشـمک می‌زند. در آرام‌آرام بـاز می‌شـد و نـور چراغ پـژوی ۲۰۶ دخترهای مشـهدی واحد روبـه‌روی حاجـی امینـی، نـور چراغ‌هـای مگان را می‌شکسـت. از پله‌ها تـا پشـت‌بام رفت. از حیـاط صـدای جیغـی بلنـد شـد. درِ خرپشته قفـل بـود. یـادش رفتـه بـود کلیـد را بـا خـود بیـاورد. رفت پاییـن. زنگ واحد حاجـی امینـی را زد تـا از او کلیـد خرپشـته را بگیرد. هرچه ایسـتاد، خبری نشـد. بعیـد بود خـواب بوده باشـد. دوباره زنگ زد، اما باز صدایـی نیامد. سـاختمان دو راهپله در شـرق و غرب داشـت. درِ پارکینگ، درسـت روبه‌روی راهپلـهٔ غربـی بـود. از راهپلهٔ شـرقی که کم‌ترددتـر بود، می‌توانسـت خودش را بـه درخـت ارغـوان برسـاند. آنجـا دیوار همسـایه کوتـاه بود. برگشـت به خرپشـته. از راهپلـه صـدای دویدن می‌آمد. کز کرد و نشسـت. مخش مثل کامپیوتـرش هنـگ کـرده بـود. طناب‌هـای دوران سـاخت خانه هنـوز آنجا بـود. سـه سـال بود قـرار بـود برایشـان فکری بکنـد. فکـری کـرد. در راهپله کسـی او را ندیـد. بـه ارغـوان کـه رسـید، آن‌سـوی حیـاط، دورِ ماشـین، چند نفـر جمـع شـده بودند و هـر لحظه بـه تعدادشـان اضافـه می‌شـد. همهمه بـود. یکـی از همسـایه‌ها بـا کاپشـن خونـی ناصـر از پارکینگ بـالا آمد و همـه دورش جمـع شـدند. الان اگـر می‌پریـد روی دیـوار بـه احتمـال زیاد

می‌دیدندش. وقت زیادی نداشت. باید زودتر تصمیم می‌گرفت.

۵

سی نفر آدم، یک گُله جا، وسط آپارتمانِ شصت و پنج متریِ نسترن در هم می‌لولیدند. صدای موسیقی خیلی بلند بود. صدا به صدا نمی‌رسید. از وقتی رسیدم، جز سلام و احوالپرسی با نیلو حرفی نزده بودم. چراغ‌ها هم خاموش بودند و نور آبی بنفشی قیافه‌ها را دفرمه کرده بود. بیشتر مهمان‌ها دخترهای جوان بودند. فکر نمی‌کردم نیلو این‌قدر دوست و رفیق داشته باشد. همه آن وسط بودند. من، تنها روی یکی از معدود صندلی‌ها نشسته بودم و به‌قول نسترن مزه‌خوری می‌کردم. آمد کنارم و گفت: «چیه نشستی اینجا مزه‌خوری می‌کنی، پاشو یه چیزی بزن، گرم شی. این‌همه دختر خوشگل اینجاست، برو با یکی برقص!» اهل رقص که نیستم. الکلی‌جات هم که اصلاً. ساعت نزدیک دوازده بود و هنوز تصمیم نگرفته بودند شام بدهند، چه برسد به بریدن کیک! نیلو هم که انگار اصلاً در این دنیا نبود. تابه‌حال این‌قدر دختر مست یک‌جا ندیده بودم. رقصشان بیشتر به تلوتلوخوردن شبیه بود. سرخوش بودند و بلندبلند می‌خندیدند. باز نسترن کمی حواسش به مهمان‌ها بود، نیلو که کفش‌هایش را هم درآورده بود و پابرهنه افتاده بود وسط، با همه می‌رقصید؛ با پسرها و دخترها. از همه بیشتر با سحر می‌رقصید؛ دختری که موهای شلال سیاه بلند و چشم‌های سیاه غمگینی داشت. جوری زیبا بود که نمی‌شد ازش چشم برداشت. نیلو می‌گفت بهترین دوستش است. چند سال ایران نبوده و حالا برگشته که بماند. از معدود کسانی بود که مشروب نمی‌خورد. وقتِ رقص، نیلو

دسـتش را بی‌محابـا می‌انداخـت دور کمـرش. صورتـش سـرخ می‌شـد، اما بـه‌روی خـودش نمی‌آورد. اکثر مهمان‌ها لباس‌هـای معمولیِ غیررسـمی پوشـیده بودنـد؛ شـلوار جیـن بـا بلـوز. فقـط نیلـو و سـحر بودنـد کـه لبـاس رسـمی پوشـیده بودنـد. لبـاس نیلـو، پیراهـن سـیاهی بود کـه یقۀ گـردِ بازی داشـت و دامـنِ کوتاهـش چین‌دار و گشـاد بـود. پیراهنِ گیپور سـرخِ سـحر پوشـیده‌تر و بلندتـر بـود. نیلو آن‌قـدر رقصیده بـود کـه پشـت پیراهنش خیس عـرق شـده و بـه تنـش چسـبیده بـود. کلافـه بـودم. شـیروی بیچـاره پشـت پنجـره در بالکـن کوچـک آپارتمـان نشسـته بـود و بـا چشـم‌های غمگینـش چشـم دوختـه بود بـه داخل. بـه پیشـنهاد مامان‌زری کـه همان‌جـا در بالکن خیـره به اتوبان ایسـتاده بود، اسـمش را شـیرو گذاشـتیم. موهـای مامان‌زری از ظهـر تـا حـالا کلـی رشـد کـرده بـود، موج‌دار شـده بـود. چهـره‌اش هم جوان‌تـر شـده بـود؛ شـبیه عکس‌هـای زمـان عروسـی‌اش بـا بابـا، حتی زیباتـر. گاهـی برمی‌گشـت، بـه مـن نگاه می‌کـرد و لبخنـد می‌زد، اما بیشـتر خیـره بـود بـه اتوبـان. بعد آمـد کنـار شـیرو چمباتمـه نشسـت و موهایش و پشـتش را نـوازش کـرد. شـیرو هـم دراز کشـید و خـود را کامـل در اختیـار نوازش‌هایـش گذاشـت.

مامـان اهـل تـو آمـدن نبـود و مـن هـم دنبـال فرصـت بـودم کـه زودتر بزنـم بـه چـاک. یک‌بـار کـه بـا نیلـو چشم‌درچشـم شـدم، بهش اشـاره کردم کـه یـک لحظه بیایـد پیشـم. آمد. دسـت انداخـت دور گردنم. بـوی عطرش بـا بـوی عـرق و الـکل درهم‌آمیختـه بـود، انـگار شـیرۀ ترش‌شـده و خنکِ طالبـی‌ای کـه مـدت زیـادی مانـده باشـد تـوی یخچال. چندشـم شـد، اما بـه‌روی خـودم نیـاوردم. گفتـم: «نمی‌شـه یـه کـم بشـینی؟» گفت: «اگه بشـینم، حالـم بـد میشـه! تـو چـرا پـا نمی‌شـی؟ از وقتـی اومـدی همه‌ش نشسـتی اینجـا، ژسـت عاشـقای شکسـت‌خورده رو گرفتی کـه چـی؟ پـا

شـو یـه خـورده خـوش بگـذرون!» گـردن و گونه‌هـای نمناکـش را گذاشـت روی شـانه‌ام. زیر گوشـم گفـت: «به‌جای اینکه اینجا بشینی دیدش بزنی، پاشـو باهـاش برقـص! می‌خـوای بـا هـم جورتون کنم؟ بـه هـم میایـن.» اشـاره‌اش بـه سـحر بـود. ناخودآگاه گونه‌ام را بـه گونه‌اش مالیـدم. دیگـر بوی تنـش آن‌چنـان هـم بـد نبـود. گفتـم: «اگه بخـوام برقصـم، فقط بـا خودت می‌رقصـم.» بلنـد خندید. دسـتش هنوز روی شـانه‌ام بود. گونه‌ام را بوسـید. همان‌طور که دور می‌شـد، دسـتم را کشـید. بلنـد شـدم. بهش گفتـم: «بـرای مـن ایـن علاقـهٔ تـو بـه مشـروب خیلـی عجیبـه، خانم‌مهنـدس!» خندید و گفـت: «بـرای مـن هـم علاقـهٔ تو بـه خـودم خیلـی عجیبه!» بعد کمـی از مـن دور شـد و شـروع کرد بـه رقصیـدن. او می‌رقصیـد و من ایسـتاده بودم، نگاهـش می‌کـردم. خـودش را کنـار لپ‌تـاپ رسـاند. بلنـد اعلام کـرد که موسـیقی آخـر اسـت و می‌خواهیم بعدش شـام بدهیم. «برقصانـمِ» لئونارد کوهـن را گذاشـت. بهـم گفـت: «بیا مثلاً تانگـو برقصیـم.» گفتـم: «مـن بلـد نیسـتم.» گفـت: «اشـکال نـداره! گفتم کـه مثلاً. هیشـکی بلد نیسـت. کافیـه یـه دسـتت رو بـدی بـه مـن و اون یکی رو حلقـه کنی دور کمـرم. بعد همین‌طـوری آروم تکـون بخـوری. انـگار روی تابـی یا توی ننـو خوابیدی و مـن دارم آروم‌آروم تکونـت میدم.»

به‌خاطـر اختـلاف قدهایمـان، امـکان نداشـت دسـتم را بینـدازم در گـودی کمـرش. بـا اینکـه تـا جایی که می‌شـد خم شـده بـودم، دسـتم روی پهلـو، کنـار پسـتانش بود و هنـگام رقص نرمی‌اش را کنار انگشـت شسـتم احسـاس می‌کـردم. کمـی کـه گذشـت و ریتممان بـا هـم هماهنـگ شـد، به‌نظـرم لذت‌بخـش آمـد. مامان صورتـش را چسـبانده بود به پنجـره، نگاهم می‌کـرد و برایـم بـوس می‌فرسـتاد. زیرلـب گفتـم: «اولیـن رقـص». لبخند زد. خواسـت زیر گوشـم چیـزی بگویـد. مجبور شـدم بیشـتر دولا شـوم. او

هــم روی پنجۀ پـا ایستـاده بـود. «علـی! از ایـن سـگه خیـلی خوشـم اومد، امـا تـو عجـب آدم خلـی هسـتی! گفتـه بـودم سـگ دوسـت دارم، امـا نگفته بـودم سـگ مـی‌خـوام. مـا نمـی‌تونیـم ایـن رو نگـه داریـم. بابـا که اصلاً زیر بـار نمـی‌ره تو خونه سـگ باشـه، نسـترن هم کـه از سـگ مـی‌ترسـه!» گفتم: «یعنـی پسـش بـدم؟» «نمی‌دونم. بـه‌هرحال امشـب بـا خودت ببرش. فردا دربـاره‌اش بـا هـم حـرف مـی‌زنیـم.» انگار کـاملاً هوشیـار شـده بـود. انگار تا چنـد دقیقـه قبل هـم اصلاً مسـت نبـود و فقـط ادای مسـت‌ها را درمـی‌آورد. حـالا بایـد بـرای امشـب فکـری هـم بـه حـال شیـرو مـی‌کـردم. دیگـر برای زنـگ‌زدن بـه رامیـن خیـلی دیـر بـود. داشـتم بـه ایـن فکر مـی‌کـردم کـه اگر شـیرو را ببـرم خانـه، بـه بابـا چه بگویـم، نفهمیـدم موسیقی کِی تمام شـد. مـا هنـوز همان‌طـور آن وسـط ایسـتاده بودیـم. نیلـو بـدون مقدمـه گفت: «معـذرت مـی‌خـوام ایـن مـدت بی‌خبر گذاشـتمت. حقـش بود فردای سـفر بهـت زنـگ مـی‌زدم... اون‌شـب مـن تا صبـح بیـدار بـودم. خوابـم نمی‌برد. دلـم مـی‌خواسـت پیشـم بـودی. تـوی راه برگشـت خیـلی فکـر کـردم. بایـد خیـلی زودتـر از این بهـت مـی‌گفتم. مـن دارم مـی‌رم آمریکا. پذیرش گرفتم. خیـلی وقتـه دنبالشـم. از وقتـی تصمیـم بـه رفتـن گرفتم، سـعی می‌کـردم به کسـی وابسـته نشـم. فکـر نمـی‌کردم رابطه‌مـون این‌قدر جدی بشـه. مـا یهو خیـلی بـه هـم نزدیـک شـدیم. تو، بـه اون موتـور و تریپـت نمیـاد، امـا خیلی احسـاسـاتی هسـتی، آدم بهـت وابسـته مـی‌شـه. فکـر کـردم اگه بیشـتر با هم بمونیـم، جداشـدن سـخت‌تر می‌شـه! مـن بـه‌درد تـو نمی‌خـورم، تـو یکـی رو مـی‌خـوای کـه یـه مـدت بـا هـم باشـید و بعـد هـم باهـاش ازدواج کنی. یکـی مثل سـحر بـرای تـو خوبه. یـه دختـر خـوب و خوشگـل و خانـواده‌دار کـه تکلیفـش هـم بـا خودش معلومه. خدایـی‌ش خیلی بـه هـم میایـن. بـازم فکـرات رو بکـن!» قبـل از اینکـه چیـزی بگویـم، برگشـت و رفـت بـه

دوستانش در سروسامان‌دادن شام کمک کند. فکر کردم حتماً امشب هم فقط دعوتم کرده که سحر را ببینم و او هم مرا ببیند.

شیرو و مامان پشت درِ بالکن چمباتمه نشسته بودند. به‌نظر می‌رسید سردشان است. شام را کشیده بودند و همه مشغول بودند. در آن هیاهو کسی حواسش به من نبود. شیرو را که از دست مامان گرفتم، در آن چشم‌های دودیِ براق انگار غمی بود. گفت: «خوش گذشت، مادر؟» گفتم: «خودت می‌دونی که! تو حالت خوبه؟» گفت: «خیلی خوبم! فقط کمی نگران رضا هستم.» دوتایی خیره شده بودیم به اتوبان، به ماشین‌هایی که با سرعت می‌گذشتند. باران بند آمده بود و هوا سوز داشت. شیرو را گذاشتم زیر کاپشنم. شکمش را چسباندم به خودم. آرام گرفته بود و با آن چشم‌های سیاه درشتش طوری نگاهم می‌کرد که دلم غنج می‌زد. محکم‌تر بغلش کردم. مامان گفت: «حالا این دختره سحر بد هم نیست ها. به‌نظر من که از نیلو بهتره!» خواستم بگویم: «مامان مگه لباسه، یکی رو عوض کنی، یکی دیگه بپوشی!» دیدم ادای بیخود است، خودم هم داشتم به سحر فکر می‌کردم. مامان گفت: «علی جان، بابات حالش خوش نیست. فکر کنم بهتره زودتر بری خونه!» موقع بیرون‌رفتن آخرین نگاه را به بالکن انداختم. مامان روی نرده، رو به اتوبان نشسته بود. باد افتاده بود توی موهایِ موج‌دارِ بلندش. سحر گوشه‌ای ایستاده بود و زیر نظرم داشت. ناخودآگاه برایش دست تکان دادم. لبخند زد و دست تکان داد. تنها کسی بود که حواسش به رفتنم بود.

ساعت از یک گذشته بود. زمین هنوز خیس بود و دما زیر صفر. آرام می‌راندم. شیرو سرش را از کاپشن درآورده بود و بیرون را نگاه می‌کرد. در بزرگراه روی آسفالت، نمک و ماسه پاشیده بودند. با قد کوتاهش خودش را به‌زحمت از میانِ حصارهای وسط بلوار بزرگراه رد کرد و بدون

توجـه بـه ماشـین‌هایـی کـه بوق‌کشـان می‌آمدنـد، دویـد این‌سـو. سـرعتم را کـم کـردم و ایسـتادم. واقعـاً نمی‌دانـم چـرا. معمـولاً خـودم را درگیـر چنیـن مسـائلی نمی‌کنـم. دختربچـه‌ای بیشـتر نبـود؛ حداکثر یـازده یا دوازده سـاله. کولـهٔ کوچـکِ صورتـیِ چرکـی کـه سـردوشـی‌هایش دیگـر چرک‌مـرد شـده بـود و بیشـتر سـیاه بـود تـا صورتـی، بـه پشـت داشـت. دسـت‌ها و لبـاس‌ها و صورتـش هم دسـت کمی از کوله‌اش نداشـت و از سـوز سـرما سـرخ شـده بـود. دو مـرد دنبالـش بودنـد کـه یکـی داشـت تـلاش می‌کرد از بـالای حصار رد شـود و آن دیگـری همان پشـت ایسـتاده بـود و فحش می‌داد. موهای سـر و صورتشـان خیلـی بلنـد بـود. به‌نظر معتـاد و کارتن‌خـواب می‌آمدنـد. این منطقـه از بزرگ‌راه و فضـای سـبزش پاتـوق کارتن‌خواب‌های معتاد اسـت؛ در زمسـتان می‌خزنـد زیـر پل‌هـا و آنجا بـرای خودشـان آتش درسـت می‌کنند، امـا تابسـتان‌ها حتـی می‌توانـی آن‌هـا را در میـان بلـوار اصلـی ببینـی کـه در جاهـای خالـی و بی‌سـکنهٔ اتوبـان کـه ماشـین‌ها بـا سـرعت عبـور می‌کنند، لای درخت‌هـا و بوته‌هـا خوابیده‌انـد.

دختـر کـه دیـد مـن ایسـتاده‌ام، بـه طرفـم دویـد. آن یکـی مـرد از حصار رد شـده بـود و اگـر ماشـین‌ها اجـازه می‌دادنـد، می‌خواسـت از اتوبـان رد شـود. دختـر التمـاس می‌کـرد کـه بـا خـودم ببرمـش. شـیرو پـارس می‌کرد. نمی‌دانسـتم چـه کار کنـم. گفتم کجـا؟ گفـت: «هرجـا، هرجـا، کمـی اونورتـر. اینـا می‌خـوان منو اذیـت کنن!». مـردی کـه از روی حصار رد شـده بـود، وقتـی کـه دیـد دختـر بـا مـن حرف می‌زنـد، همان‌جـا ایسـتاد. منتظر بـود ببینـد ماجـرا چـه می‌شـود. منتظر بود من بـروم تـا بیاید دنبال شـکارش. گفتـم «امشـب دیگه از اون شب‌هاسـت!» بلندش کـردم و جلـوی خودم روی بـاک نشـاندمش. شـیرو از حضـور مهمـان جدیـد، هیجان‌زده شـده بـود و دائم پـارس می‌کـرد. دو مـرد شـروع کردنـد بـه کـف و سـوت زدن. حالـت عادی

نداشـتند. آن کـه پشـت حصار بود، سـرش را گذاشـته بـود لای میله‌هـا و داد می‌زد: «بپـا ایـدز نگیـری! کاندوم بـذار!» بعد هـر دو بلند زدند زیر خنده.

همـان ابتـدای میردامـاد پیاده‌اش کـردم. از اینکه آنجا ولـش می‌کردم، حـس بدی داشـتم، اما شـجاعت مـن همین انـدازه بـود. ازم پول خواسـت. می‌خواسـت بهـم دسـتمال کاغـذی بفروشـد. کمـی بهـش پـول دادم. گفتم از اینجـا راحـت می‌توانـد بـرود خانه؟ سـؤال چرتـی بـود و بلافاصلـه از پرسـیدنش پشـیمان شـدم. خانه‌اش کجـا بـود. گفـت همین پشـت کسـی را می‌شناسـد کـه بـرود پیشـش. بـه شـیرو اشـاره کـرد و گفـت او هـم کلی سـگ دارد، مـرد خوبـی اسـت و می‌گـذارد بـرود گوشـه‌ای خـودش را گـرم کنـد و بخوابـد، به‌شـرط آنکـه صبـح زود بزند به چاک! حسـابی خسـته بود. چشـم‌هایش از زور خـواب کاسـهٔ خـون شـده بـود. راه کـه افتـاد، پاهایـش را روی زمیـن می‌کشـید و زیـر بـار کوله‌اش قـوز کـرده بـود. پشـت کولهٔ چرک‌مـردش عکسـی از خانـوادهٔ پنگوئن‌های پینگـو با رنگ سـفیدِ بی‌رمقی کشـیده شـده بود. بالای آن به‌جای PINGU نوشـته بـود PUGUS و زیرش بـا خـط تزئینی نوشـته بـود Wourd Of Wanders. چند لحظه بعد صدای پارس چنـد سـگ بلنـد شـد. رفتـم سـر کوچـه‌ای کـه در آن پیچیـده بـود تا سروگوشـی آب بدهـم. دزدکـی نگاهـی بـه کوچـه انداختـم؛ مثـل مـادری کـه بچـه‌اش را سـر راه گذاشـته و حـالا می‌خواهـد بـدون آنکـه دیده شـود، بفهمـد چـه بر سـرش خواهد آمد. یک سـاختمانِ بسـیار بزرگِ نیمه‌کاره بود کـه سـال‌های سـال بـه امان خـدا رهـا شـده بـود. دورِ زمینـش را فنس‌کشـی کـرده بودنـد. جلوی سـاختمانِ نیمه‌کاره، اتـاق نگهبانیِ کوچکِ گردی بود. دختـر، پشـت فنس ایسـتاده بـود و آن‌سـو چهار پنج سگِ بـزرگ بـا تهدید پارس می‌کردنـد. کمـی گذشـت و از کسـی خبـری نشـد. وقتـی یکـی از سـگ‌ها پریـد و سـعی کـرد خـود را از فنـس بـالا بکشـد، دختر مردد شـد و

چنـد گام عقب‌تـر آمـد و نگاهـی بـه انتهای کوچـه انداخت. خودم را پشت دیـوار مخفـی کـردم. امیدوار بـودم مجبور نشـوم دوبـاره سـراغش بـروم. اگر بـا یـک دختربچهٔ خیابانـی و یک سـگ بـه خانـه می‌رفتـم، دیگـر نورِعلی‌نور بـود. عهـد کردم اگر امشـب به خیر بگـذرد، فردا سـراغ دختر بیایـم و برایش فکـری بکنـم. هـر چنـد نمی‌دانسـتم چـه فکـری. صـدای غیـژِ بازشـدن در کـه آمـد، دوبـاره دزدکی از پشـت دیوار سـرک کشیدم. مرد شصت‌سـاله‌ای به‌نظـر می‌رسـید. پالتویـی روی دوش انداختـه بـود کـه زیـر آن زیرپیراهنـی و پیژامـه پوشـیده بـود. احتمـالاً داخل اتاقش حسـابی گـرم بود. چنـد دقیقه دختـر را معطـل نگـه داشـت. صدایشـان را نمی‌شنیدم، انگار دختر داشت التمـاس می‌کرد. مـرد همراه بیرون‌دادن نفسـی عمیـق، لااله‌الااللهای گفت و در را بـاز کـرد. چنـد لحظـه بعـد وارد اتـاق شـدند. خیلـی دیـر شـده بود. موتـور را روشـن کـردم و راه افتادم.

بـا آنکه سـاعت از دو گذشـته بـود، تمام چراغ‌هـای حیاط روشـن بودند. دو موتـور پلیس در حیـاط پـارک شـده بـود. موقـع پیچیـدن بـه کوچـه یـک ماشـین پلیس هم سـر کوچـه دیده بـودم. امـا پلیسـی را ندیـدم. رفتم سـراغ ناصـر کـه ببینـم چه خبر اسـت. اتاقِ ناصر پلمب شـده بـود. درِ واحـد را که بـاز کـردم، بـوی ترشـیدگی خـورد زیر دماغـم. شیرو دائـم پارس می‌کرد. چـراغ راهـرو را کـه روشـن کـردم، بابـا از تـوی اتاقـش گفـت: «علـی جان، تویـی بابـا؟» گفتـم: «بلـه!» یـک نفـر تـوی راهـروی بیـن اتاق‌هـا بـالا آورده بـود. بابـا به پشـت روی تختـش خوابیده بود. گفـت: «چقدر دیر کـردی! این چیـه بـا خـودت آوردی خونـه؟» گفتـم: «معـذرت می‌خوام. نشـد زودتر بیام. گیـر افتـادم... مـال کسـی‌یه. فقط برای امشـب آوردمـش خونه، جا نداشـت. از اتـاق بیـرون نمیـاد. صبح هم می‌بـرم پیش صاحبش.» گفت: «چی بگم واللـه. آدم از کارای تـو سـر درنمیـاره!» گفتـم: «اینجـا چه خبره؟ پلیس برای

چیه؟» گفت: «یکی خانم‌دکتر رو با چاقو زده. می‌گن کار ناصره! چون از اون هم خبری نیست. کاپشن خونی‌ش رو هم توی اتاقش پیدا کردن!» باور نمی‌کردم. گیج شده بودم. گفتم: «مرده؟» بابا گفت: «آره متأسفانه! حالا پاشو این رو از اتاق ببر بیرون، سرم رو برد. یه لیوان آب به من بده!»

شیرو را بردم به اتاقم. گوشهٔ فرش را تا زدم. یک پتوی کهنه پهن کردم و شیرو را روی آن گذاشتم. دست‌بردار نبود و دائم پارس می‌کرد. بابا از اتاقش داد زد که این را خفه‌اش کنم، همسایه‌ها بیدار می‌شوند. رامین گفته بود شیتزو سگ آرامی است، فقط وقتی سروصدا می‌کند که مشکلی داشته باشد. بیچاره از ساعت نه تا حالا که پیش من بود که چیزی نخورده بود. رفتم به آشپزخانه برای بابا آب بردم. بابا باز غر زد که امشب فقط همین توله را کم داشتیم. باز عذرخواهی کردم. برای شیرو آب در کاسه ریختم و بردم. با ولع آب را تمام کرد. دوباره برایش بردم. رامین گفته بود چون تازه از شیر گرفته شده باید غذای آبکی بخورد. در یخچال خوراک لوبیا سبز داشتیم با تکه‌های درشت گوشت گوساله و هویج و سیب‌زمینی. بهش آب اضافه کردم و گذاشتم جلوش. نگاهش کرد. بو کرد و لب نزد. تکه‌ای از گوشتش را برداشتم و با دست گذاشتم دهنش. آن را که خورد، انگار اشتهایش باز شد. تمام کاسه را خیلی زود بلعید. موهای بلندِ سفیدِ اطراف دهانش کثیف شده بود. خودش را لیسید. شکمش که سیر شد، ساکت شد. موهای اطراف دهانش را با دستمال تمیز کردم. نوازشش کردم. آرام بود. فکر کردم به‌زودی می‌خوابد. برگشتم پیش بابا. بیدار بود. تبش قطع شده بود. دوست داشت حرف بزند.

«معلوم نیست با کیا نشست‌وبرخاست می‌کنی که سگ میاری خونه.» بازخواست نمی‌کرد. منتظر جواب هم نبود. مثل این بود که

بلنـد فکـر می‌کـرد. پرسـیدم: «حالتـون چطـوره؟ بهتـر شـدین؟»

آهـی کشـید و گفـت: «تـو کـه رفتـی، یـه کـم خوابیـدم. بیدار که شـدم، خیلـی بهتـر بـودم. فکـر کردم خوب شـدم. گفتـم بـرم بیرون کمی قـدم بزنم. ظهـر هـم مریـم اومد پیشـم و تـا غروب اینجـا بود. برام آش شـلغم درسـت کـرد. نمـاز رو کـه خونـدم، کمـی خوابیـدم. بیدار کـه شـدم، خیس عـرق شـده بـودم. لـرز هم داشـتم. فکـر کـردم شـاید این‌بار بیشـتر از یه زکام سـاده باشـه. بهـت زنـگ زدم کـه بیـای باهم بریم دکتـر. هر چی گرفتم در دسـترس نبـودی. گفتـم یـه دوش بگیـرم شـاید بهتـر شـدم. راسـتش از خـدا پنهـون نیسـت، یـه کم ترسـیده بـودم. فکـر کـردم حتماً تبم بالاسـت. دسـت‌وپام رو گـم کـرده بـودم. خواسـتم به مریـم یا نرگـس زنگ بزنـم، گفتم حـالا بعدش کلـی می‌خـوان بـا تـو اخم‌وتخـم کنن، از خیـرش گذشـتم. دوش کـه گرفتم و بیـرون اومـدم، ضعـف شـدید داشـتم. چنـد بـار تو حموم داشـتم می‌خوردم زمیـن. ایـن شـد کـه زود اومـدم بیرون. گفتـم لااقل لخـت و عـور نمیرم.»

«خدا نکنه بابا، این حرفا چیه!»

«آدمیـزاده دیگـه بابا! خلاصـه خـودم رو حسـابی حوله‌پیچ کـردم. دیدم نزدیـک سـاعت یازده‌ـه. آش گـرم کـردم و خـوردم. البتـه اشتها نداشـتم. چنـد قاشـق بیشـتر نتونسـتم بخـورم. منگ بـودم. حـال عجیبی بـود. من کـه هیچ‌وقـت عرق‌خـوری نکـردم، امـا فکـر کنـم شـبیه مست‌ها شـده بـودم. تمـوم خونـه دور سـرم می‌چرخیـد. انـگار وسـط آب بـودم. فاصله‌هـا رو درسـت تشـخیص نمی‌دادم. راه کـه می‌رفتـم، بایـد دسـتم رو می‌گرفتـم بـه دیـوار تـا بـه چیـزی نخـورم. کمـی روی تخـت افتـادم، امـا حالـم به‌هم خـورد. خواسـتم خـودم رو بـه دست‌شـویی برسـونم، اما تـوی راه‌رو، تمام آش رو بـالا آوردم. تمـام تنـم عـرق سـرد نشـسته بود. تنـم مورمور می‌شـد. احسـاس می‌کـردم یـه آبـی هـم داره ازم دفـع می‌شـه، می‌فهمـی کـه چـی

می‌گم؟! نمی‌تونستم جلوی خودم رو بگیرم. البته بعد وارسی کردم دیدم هیچ خبری نبوده و اشتباه کرده بودم... خواب نبودم. بیدار هم نبودم. یه چیزی این وسط‌ها. سوار یه قطار مسافربری درجه سه بودیم؛ من و زری، مادرت. هر دومون جوون بودیم. من سبیل داشتم. زری مثل ماه بود. قطار زهواردررفته‌ای بود. با تلق‌وتلوق و تکون وحشتناک آسه‌آسه برای خودش می‌رفت. انقدر صداش بلند بود که صدای هم رو هم نمی‌شنیدیم. روز بود. بیرون همه‌ش بیابون خدا بود. واگن از این اتوبوسی‌ها بود. با صندلی‌های چوبی سفت. پنجره‌ها هم پرده نداشتند، داشتند، اما یکی‌درمیون. پنجرهٔ ما پرده نداشت. باز هم نمی‌شد. یه تیکه اون بالاش فقط باز می‌شد. آفتاب تند افتاده بود رومون. زری، طفلی، حسابی کلافه شده بود. کلی هم چسان‌فسان کرده بود. هی خودش رو با پر چادرش باد می‌زد. یه پسر جوونی هم بود هی برمی‌گشت نگاش می‌کرد. منم خون خونم رو می‌خورد. می‌خواستم یه چیزی بهش بگم، مامانت نذاشت. می‌گفت خوبیّت نداره، آبروریزی راه ننداز. یکی از موتورهای لوکوموتیو هم خراب شده بود. نمی‌دونم چطور بود که موتوره هم درست توی واگن ما، زیرِ پای ما بود. دود از کف واگن بالا می‌زد. خلاصه عذابی بود. یادش به‌خیر، مامانت همیشه می‌گفت تو همون بهتر که آدم رو مسافرت نبری، اِنقدر عذابمون می‌دی که تا چند سال دیگه هوس سفر نکنیم. فکر کنم یکی از همون سفرا بود! زنگ زده بودند به موبایلم. گفته بودند یکی خودکشی کرده. با زری داشتیم برمی‌گشتیم تهران. طرف آشنا بود. مامانت حسابی خلقش تنگ شده بود و دائم غر می‌زد. انگار زیارت بودیم و نصفه‌کاره ولش کرده بودیم. گیر داده بود که کفش‌هات رو پات کن. گرمم شده بود، کفشم رو درآورده بودم. می‌گفت: «صد بار بهش گفتم تهرون نمون! تهرون

مگـه حلـوا خیـرات می‌کنـن. چی گیـرت اومـده این‌همه سـال اینجـا. برگرد بـرو پیـش خانواده‌ات. حالا هم خـودش رو بدبخت کرد، هـم خانواده‌اش رو، زیـارت مـا رو هم خـراب کرد.» یه مأمور قطـار اومد. گفت بایـد حتماً در موتـور رو بزنیـم بـالا وگرنه امـکان داره بترکه. تـا در موتـور رو بـاز کرد، یه دود غلیظی همه‌جـا رو گرفـت کـه دیگـه نفس نمی‌شـد کشـید. از خـواب کـه پریـدم، دیـدم همون‌جـا تـوی راهـرو از حـال رفتم. حواسـم سـر جاش اومـده بـود. در مـی‌زدن. لباس‌هـام رو عـوض کـردم. رفتـم بیـرون. دیـدم کسـی نیسـت. امـا راهـرو حسـابی شـلوغ بود. یکـی از ایـن دختر مشـهدی روبه‌رویی‌هـا رو دیـدم بـا چشـمای گریـون. اون بهـم گفت چه خبـره. گفت جنـازه رو بـردن. صورت‌جلسـه کـردن. اتـاق ناصـر رو هـم حسـابی زیرورو کـردن. اون اولیـن کسـی بـوده کـه جنازه رو دیـده. گردنـش رو بریـده بودند. گفـت زنـگ زده باباش همیـن امشـب بیاد دنبال‌شـون.»

بـه اتـاق که برگشـتم، شـیرو پتو را کنار زده بـود و روی سـرامیکِ خنک کـف خوابیـده بـود. روی تخت کـه افتـادم، از هوش رفتـم. اما بعـد از وول خـوردن و خزیـدن چیـزی زیر لحاف از جـا پریدم. آمـده بود زیر لحاف، کنـارم چمباتمـه زده بـود. و بـا چشـم‌های تیله‌ای سیاهش نگاهـم می‌کرد. خیلـی زود دوبـاره خوابـش برد اما خـواب دیگـر از سـر مـن پریده بـود. بـه بابـا سـر زدم. خوابِ خـواب بـود. بد جـور هـوس سیگار کـرده بودم. یـک نـخ برداشـتم و رفتـم تـوی بالکنِ مشـرف بـه ارغـوان. اولیـن پُـک را زده بـودم کـه نـور لطیـف و گـرم آفتـاب از میـان آسـمانِ پاکـی کـه ناگهان آبـی درخشـانی شـده بـود، افتـاد روی درخـت ارغوان. همان‌وقت بـود که دیدمـش؛ خـودش را از تنومندتریـن شـاخهٔ درخـت آویختـه بـود و انگار طلـوع خورشـید را تماشـا می‌کـرد.

Bū-ye barg-e sham'dānī
(Scent of Geranium Leaf)
Majid Sajadi Tehrani
Editor: Mansour Kazari

Rahaa Publishing is the book publishing division of Hamyaari
Media Inc.
PO Box 31055, St Johns Street, Port Moody, BC V3H 4T4, Canada
+1-604-671-9505
info@rahaa.pub
www.rahaa.pub

Bū-ye barg-e sham'dānī = Scent of Geranium Leaf
Manufactured in Canada
Print ISBN: 978-1-7777355-0-0
eBook ISBN: 978-1-7777355-1-7

Bū-ye barg-e sham'dānī

(Scent of Geranium Leaf)

A Collection of six short stories

Majid Sajadi Tehrani

Vancouver, Canada